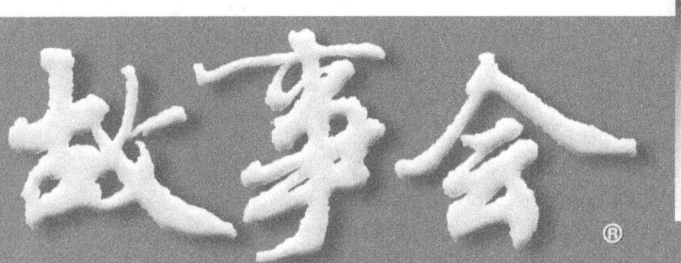

故事会
精品系列

怪诞故事

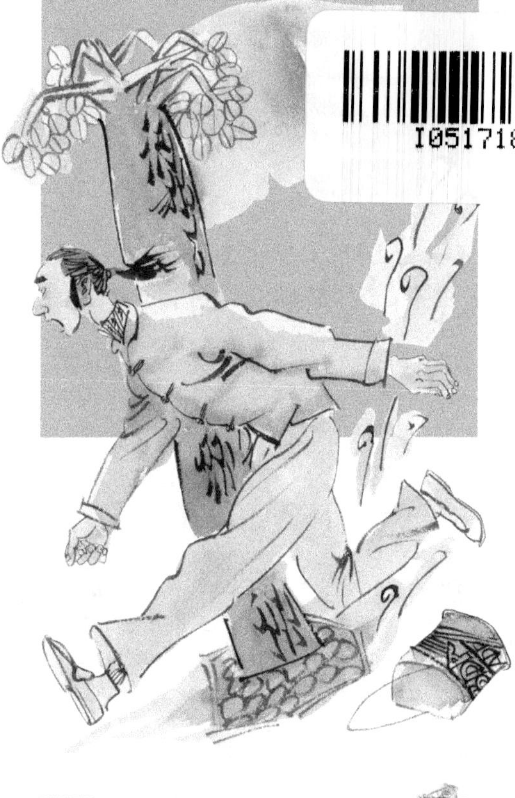

 上海锦绣文章出版社
上海故事会文化传媒有限公司

上海文艺出版（集团）有限公司

图书在版编目（CIP）数据

怪诞故事 《故事会》编辑部编 – 上海：上海锦绣文章出版社
（故事会精品系列） ISBN 978-7-5452-0266-3

Ⅰ．①怪…Ⅱ．①故…Ⅲ．①故事 作品集 中国 当代 Ⅳ．I247.8

中国版本图书馆 CIP 数据核字 (2009) 第 028898 号

丛 书 名：故事会精品系列

书　　名：怪诞故事

主　　编：何承伟

编　　委：何承伟　吴　伦　姚自豪　夏一鸣

责任编辑：刘迎曦　鲍　放

装帧设计：王　伟

责任督印：张　凯

出　　　　版：　上海锦绣文章出版社

　　　　　　　　上海故事会文化传媒有限公司

POD 海外发行：　中国图书进出口上海公司

　　　　　　　　电话：021–36357888

　　　　　　　　传真：021–36357896

　　　　　　　　地址：上海市虹口区广中路 88 号

　　　　　　　　邮编：200083

目　录

匪 夷 所 思

我们赞同的东西使我们处之泰然，我们反对的东西才使我们的思想获得丰产。

猴爪

　　这是一个寒冷而潮湿的夜,在雷克斯纳姆别墅的小客厅里,窗帘已经拉上,炉火熊熊,老怀特一家三口和远道而来的老朋友莫里——一个二十一年来一直待在印度的军士长,四个人坐在炉边,谈天说地。

　　很快,话题便集中到了印度猴爪的奇闻上来。这时,只见军士长用手在口袋里摸索着,掏出了一样东西,说:"就是这玩意儿,看上去它只是一个平常的猴爪,已经干瘪成了木乃伊。据说,有一位老托钵僧给它念了七七四十九天符咒,于是它就有了一种神奇的魔力,凡是得到它的人,只要许三个愿望,都能在以后实现。我只是通过一次偶然的机会,成为它的新主人。不过,可以告诉你们的是,我提出的三个愿望也都实现了。"

"你已经实现了三个愿望,眼下它对你没用了。好朋友,把它给我吧?"老怀特好奇地拿过猴爪,"你是怎样祝愿的?"

军士长神情严肃起来,认真地说:"右手拿起猴爪,大声祝愿。可我警告你,如不正当使用,后果严重。我劝你还是不要它,现在就扔进火里。"可老怀特摇摇头,把猴爪放进了口袋。

此时夜已经很深,军士长起身走了。老怀特拿出猴爪,一家人看着这个古怪的东西,对军士长所说的话半信半疑。他们想起为买房子还欠着两百英镑,老怀特郑重其事地拿着猴爪,大声地说:"我愿得到两百英镑。"

儿子在一旁"格格格"笑了,但笑声很快便被老怀特战栗的叫喊声打断:"哎呀,不得了,猴爪动了啦!"他手一抖,猴爪落在了地上。过了好一会儿,老怀特还心有余悸:"我祝愿的时候,它像条蛇一样在我手里扭动。"妻子和儿子忙奔过来安慰他。

此时,风越刮越猛,楼上的门"砰砰"作响,一种异常沉闷的寂静笼罩着全家三口人。

第二天阳光明媚,昨晚的恐惧心理渐渐消逝了,一家三口坐在明亮的早餐桌上,互相逗着乐,老怀特成了嘲笑的对象。可是老怀特仍固执地认为,猴爪的确在他手里扭动过。早餐吃得很愉快,直到儿子要上班了,笑声还是一直持续不断……

到了吃晚饭的时候,一个陌生人"咚咚咚"敲开了老怀特家的门,沉重地对老怀特说,他们的儿子上班时被机器卷住,受了重伤,不治身亡。听到这一噩耗,老两口像被雷电击中一样,呆立良久,他们说什么也不相信唯一的儿子会被死神夺走。可是来人还在继续说着:"……公司考虑到你们的儿子为公司效过力,愿意赠送你们一笔款子作为补偿。"老怀特恐惧地注视着来客,哆嗦着问:"多少?"那人答道:"两百英镑。"

妻子一听尖叫起来,老怀特像木头那样倒在地上,他万万没想到是这样得到了许愿的两百英镑!

　　儿子埋葬在离家大约两英里的墓地里。老两口回到沉浸在阴影和寂静中的房子里,欢乐消逝了,日子漫长而无聊,令人厌倦。

　　这样过了一个星期。

　　一天夜里,老怀特突然被妻子一阵狂暴的喊声惊醒:"猴爪,猴爪!我要它,你没有把它毁掉吧?"

　　"在客厅的托架上面。"老怀特回答道,他感到很惊奇,"你要它干什么?"

　　妻子又哭又笑,简直歇斯底里:"再祝愿一次吧!快去把它拿来,祝愿咱们的儿子复活,我的儿子!"

　　妻子叫嚷着,逼老怀特拿来了猴爪。老怀特感到非常恐惧,但一看到妻子失血的脸上满是期待的神色,知道说服不了她。

　　终于,他举起了右手:"我祝愿我的儿子复活。"

　　猴爪"啪"掉到地上,老怀特战战兢兢地瞅它,哆哆嗦嗦地倒在椅子上,他妻子则站在窗口向外窥视。烛台上,燃烧的蜡烛头不断地向天花板和墙上投下跳动的影子,直到烛火猛烈摇曳了一下,熄灭为止。

　　猴爪失灵了吧?老怀特松了一口气。老两口躺回床上,静静倾听"滴滴答答"的钟声。

　　老怀特鼓起勇气,起了床,划亮一根火柴下楼去拿蜡烛。在楼梯脚下,火柴熄灭了,他停下来再划一根。就在这同一时刻,前门发出了一下敲击声,声音是那么轻,微弱得几乎听不见。火柴从老怀特手上掉下来,他吓得一动不动地站着,呼吸也停住了,直到又听见了敲门声,他才醒过神来,转身飞快地跑回房间,关上身后的门。

　　这时候,敲门声响彻了整幢房子。

　　"是儿子!我刚才忘了,坟地在两英里以外,儿子走回家也要半个时辰哩,我得去开门!"妻子尖叫着从床上跳起来,下楼朝门口跑去。

老怀特抓住她的胳膊，紧紧抱住她："看在上帝面上，别让他进来。"

"你害怕自己的儿子?"妻子挣扎着，"让我去。"她直朝门口喊:"我来了，儿子! 我来了!"

又是一下敲门声，跟着又是一下。

老怀特听见门链"格格"地响，底下的插销已经被冲到门口的妻子费力地从插孔里拔了出来。接着他听到妻子在喊他:"老头子，快来，上面的插销我够不着。"

此刻，老怀特趴在地上，疯狂地搜寻着那个猴爪，一连串猛烈的敲门声在房子里回荡，当妻子在过道里把椅子靠门放下时，他听见椅子发出的摩擦声，听见妻子将上面插销费力拔出的"吱吱嘎嘎"声。

就在这时，他找到了猴爪，立刻低声说出了第三个、也是最后一个愿望:"儿子，你回去吧!"

敲门声突然消失了。

房门打开了，一阵冷风冲进来，妻子发出一串长长的失望而痛苦的哀号。老怀特鼓起勇气跑到她身旁，朝门外看:闪烁不定的街灯照射在寂静荒凉的大路上，外面什么也没有……

（廖雪梅　改编）

（题图:箭　中）

独臂村

有个医生很喜欢打猎,有一天,他扛着猎枪独自来到大森林,七转八转迷了路,连东南西北也分不清了。

医生知道,在这地方迷路可不是好玩的,一到夜晚必死无疑,于是他急得四处奔走,想找到一户人家问问路。

突然,从背后伸来一只手,掐住了他的脖子,同时夺去了他手里的猎枪。医生回头一看,是一个长得五大三粗的中年汉子,吓得浑身哆嗦,不知说什么才好。

那汉子虎着脸,大声问道:"你到这里来干什么,是不是又来拉选票?"

医生连连摇头:"不、不、不!我是打猎的,只是迷了路。"

那汉子似信非信,把医生从头到脚打量了一番:"不管你是干什么的,你得去见我们村长。"

医生知道,在这样的情况下,只好听天由命,便跟着那汉子走了。

路上,他问汉子:"请问大哥,你们是哪个村的?"

汉子瓮声瓮气地说:"独臂村!"

"独臂村?"医生心想,山里人真怪,什么名不好叫,干啥起这么个难听的村名?谁知到了村里一看,他才发现,这里的孩子,不论男女,个个都只有一只左胳膊,右肩膀以下全是光秃秃的没有手臂。

由此看来,独臂村倒也名副其实。可这是什么原因呢?是天灾,是人祸,还是……他百思不得其解。

医生正疑惑着,那汉子将他领进一座木楼,见到了村长。医生连忙向村长通报自己的姓名、职业以及因进山打猎而迷路的经过。

村长听完,马上吩咐家人招待医生吃饭。

医生这时也确实感到肚子很饿了,便狼吞虎咽地吃了起来。

正吃饭时,从旁边木楼里传来一阵阵女人的叫喊声,医生问村长:"有人生病了吗?"

村长叹了口气说:"那是我女儿,她去年结婚,现在要生孩子了,可肚子疼了一天一夜,还没有生下来,一家人正急得不知怎么办才好。"

医生草草吃完饭,洗洗手说:"村长,领我去看看你女儿好吗?也许我能帮上一点忙。"

村长说:"能帮忙那当然好,但我们村里有些特殊的风俗,你可别介意,更不能多管闲事……"

医生忙说:"村长,你放心,我是个医生,只管救死扶伤,不管闲事!"

村长双手合十举过头顶,向医生施礼,并且连连说:"谢天谢地,谢天谢地!"然后便领医生去他女儿家。

医生毕竟有本事,经过一番努力之后,婴儿终于生下来了,是个白白胖胖的小男孩。

医生一看,小男孩的两只小胳膊完好无缺,这使他想起了进村时看到的那些没有右臂的孩子。显然,他们的畸形不是天生的,究竟出于什么原因,待会儿得向村长打听清楚。

他正这么想着,只见有人抱起婴儿下楼去了,他本想制止,但想到村长事先的交待,话到嘴边又咽了回去。

不一会儿,只听从楼下传来婴儿异乎寻常的哭声,而且孩子一哭,产妇也哭。医生急忙探头朝外望,只见楼下门外聚着一群男人,把婴儿的右臂拉得笔直,有一个人用刀子将整条胳膊齐肩头砍了下来……

医生惊得目瞪口呆,突然明白了独臂村的由来。作为一个医生,他见过许多血淋淋的肢体,但看到这样的手术,还是吓得汗毛倒竖,浑身打颤,眼前一黑就晕倒了。

等苏醒过来时,他已在村长家里了。

村长微笑着说:"多谢医生救了我女儿的命。"

医生忍不住问道:"村长,我真不明白,你们为什么要把一个好端端的孩子弄成残废?"

村长苦笑了一下,说:"大夫,你不懂,这是我们村非同一般的风俗,不这样,怎么叫独臂村?"

医生激动了:"什么鬼风俗!我从未见过这么残忍又这么野蛮的风俗!你为什么不缺胳膊?跟你年龄相近的人为什么双臂齐全?由此证明这一风俗并非古来有之,你是一村之长,为什么对这种风俗不设法废除,而任其残害下一代呢?"

村长摇摇头:"不,你只知其一不知其二,我们这样做也是出于无奈呀!"

"难道这里面还有什么隐情?"

村长沉默了好一会儿，叹了口气说："你选过议员吗？我当村长后已经选过好几回了。每次都有人来拉选票，他们答应做这做那，保证让老百姓过上好日子，同享幸福……目的是让大伙选他们。可是，他们一旦当上议员，就开始出卖灵魂，变成了表决机器，一心牟取私利，早把老百姓的饥寒死活抛到了九霄云外。你说我们气不气愤？为此，我们全村开了几天会，最后决定：在我们村里，不管谁家生孩子，一出娘胎就得砍掉右臂，只留下左臂干活谋生，免得他们长大成人之后去举手投票，不让那些王八蛋借我们的手抬他们上台去做什么议员！大夫，你能医治我们身体上的病，却不一定能治好我们的心病。再说，这是全村人定下的规矩，我能推翻得了吗？"

医生听完，傻了眼。

（作者：克立·巴莫；讲述者：吴文昶）

（**题图**：箭　中）

寻访鬼镇

　　阿布迪斯是一名警察,性格开朗豪爽,待人热情。退休后,他驾着一辆老爷车周游全国,不亦乐乎。

　　这天,他来到一个名叫卡留尔的城市,在酒店吃饭时,向邻座打听附近有什么地方奇特好玩,值得一游。邻座沉吟片刻,说:"离这儿二十多公里,有一个小镇,十六年前,一场奇怪的瘟疫夺走了镇上五十多条生命,其余的幸存者便纷纷离开这里,只有老镇长不愿离开,在镇上开了家酒店。听说那五十多个冤魂经常回镇上闹腾,弄得人心惶惶,所以大家都叫它鬼镇。"

　　阿布迪斯听了心头一动:活了六十年,还没见过鬼哩! 这次倒要见识见识。邻座劝他:"先生,您最好别去那儿,万一被鬼魂缠上,那就麻烦了。"阿布迪斯谢了邻座的好意,但他执意要去鬼镇瞧瞧。

第二天天刚亮,阿布迪斯准备就绪,便驾车开往鬼镇。出城没多远,四处突然浓雾弥漫,让人分不清东南西北。就在这时,阿布迪斯突然听见路边的密林中传出一阵阵尖叫声:"救命啊!"他一听是女人的声音,便毫不犹豫地停车,拔出手枪,冲入林子。

林中浓雾重重,阿布迪斯提着心悬着胆,额头上冷汗直冒,握枪的手也是潮乎乎的。他搜寻了老半天,总算在一棵大树下看到了三个人:两名男子正拿着匕首,一步步逼向一个娇丽的金发姑娘。

阿布迪斯大怒道:"混蛋,住手!"

那两个歹徒一惊,转过身来,看到了阿布迪斯,恶狠狠地骂道:"老东西,快滚开,不然有你好瞧的!"

阿布迪斯端着枪,口气严厉地说:"都给我举起手来,不然,别怪我不客气!"歹徒不服这一套,凶神恶煞地向阿布迪斯扑来。阿布迪斯冷笑一声,"砰"对着其中一个家伙开了一枪。可是枪声刚落,咦,那家伙突然像蒸发了一般,不见了。再一看,另一名歹徒也不见了。更怪的是,那姑娘居然也无影无踪了。阿布迪斯惊呆了,心里犯起了嘀咕:难道他们都是鬼魂?

阿布迪斯走出密林,来到公路上,发现他那辆老爷车也不见了。这到底是怎么回事?虽然那车又破又旧,值不了几个钱,但毕竟是自己心爱的东西,莫名其妙地丢了,他心疼得不得了。

车没了,阿布迪斯只好步行,等他走到鬼镇,已经是中午时候了。阿布迪斯打量一下,镇子不大,零零落落的一些老式房子,全都东倒西歪、破旧不堪。说来也怪,刚才还是晴朗的天空,忽然间阴云密布,还不时刮来阵阵冷嗖嗖的凉风。街上行人不多,偶尔能看见几辆车子驶过,瞧这些人的神情,大概也跟阿布迪斯一样,是来鬼镇旅游的。

此刻,阿布迪斯又饿又累,他找到了那位老镇长开的酒店。

老镇长已经七十多了,白发苍苍,但精神很好,他名叫塞韦,阿布迪斯走进酒店时,里面只有三四个顾客,塞韦正坐在吧台后面。塞韦热情地问:"先生,您想来点什么?"

阿布迪斯点了些酒菜,风卷残云,很快吃光了。这时,店堂里只剩下他了,他不想走得太早,既然来了,就在这里住上一宿,见识一下那些鬼。

可是塞韦却让阿布迪斯早点离开,说:"实话告诉您,十六年前的今天,是本镇的灾难日,五十八个人二十四小时内全部死了。以后每年的这一天,那些鬼魂全都要回来聚会,所以,您最好马上离开,免得让鬼魂缠上。"

阿布迪斯笑着摇头,说:"塞韦先生,我就是想见见鬼魂才来的。无论如何,让我留下吧!"

塞韦答应了,他告诉阿布迪斯,在这鬼镇上得多长个心眼,因为人鬼混在一起,稍不留神就会撞到鬼,而且见到了鬼,最好别跟它说话。有一些厉鬼爱害人,万一被鬼魂缠上,那就惨啦,不死即伤;而有些鬼生前爱恶作剧,死后也改不了这臭脾气,喜欢捉弄人,故意设些圈套引人上钩……

阿布迪斯说起密林中遇到那两男一女和车子离奇丢失的事,塞韦听后大笑:"准是他们干的,您请放心,他们只是开开玩笑。"塞韦将辨别人与鬼的秘诀给阿布迪斯说了一遍,阿布迪斯牢牢记在心里。

不知不觉中,一个下午很快就过去了。天黑时,塞韦准备了很多酒菜,说是要宴请那五十八个鬼魂,他让阿布迪斯躲在吧台后面偷偷瞧着……

没过多久,一群人前呼后拥地走进了酒店,这些人当中有男有女、有老有少,穿着打扮十分土气,一个个面色苍白,神情呆板。塞韦热情地跟他们打招呼,安排他们就餐,这群人于是就坐下毫不客气地大吃大喝起来,阿布迪斯在一旁看着,不由得心惊胆战。他根据塞韦介绍的方法，判断出这群人全都是鬼，其中三个就是在密林中见到过的。

这些鬼吃饱喝足后，不声不响地走了，阿布迪斯这才从吧台后面出来。这时，他发现塞韦神情忧郁，便走上去关切地问："塞韦先生，您怎么啦？"塞韦长叹一声，说："唉，每年的今天，我都深深地自责，说起来都怪我不好，十六年前，如果我能够阻止那家生物化学公司在本镇开办研究所，那他们也不会死……"

"塞韦先生，您能不能说得详细一点？"

塞韦告诉阿布迪斯：十六年前，一家名叫安蒂诺里的生物化学公司在镇上办起了研究所，可是不久，一场突如其来的瘟疫就降临了小镇，一天之间便夺走了五十八条生命。事后，研究所闪电般的撤走了，后来塞韦经过调查，发现这场瘟疫就是那家研究所带来的灾祸……

第二天一大早，阿布迪斯用完早餐，向塞韦告辞后便走到了大街上。他的运气不错，正巧有辆轿车经过，开车的是个长着络腮胡子的中年男子，他十分热情，一口答应了阿布迪斯搭车的请求。

轿车刚驶出鬼镇，突然，一个身穿白色连衣裙的姑娘拦住了轿车。络腮胡子好奇地问："小姐，您想干什么？"那姑娘笑着说："不好意思，先生，能让我搭您的车吗？"她的声音清脆动听，笑起来更是令人荡魂落魄。络腮胡子刚要答应，阿布迪斯大叫一声："甭理她，快开车！"络腮胡子稍一迟疑后，立刻发动车子，像一阵风一样离去了。

到了卡留尔市，阿布迪斯刚下车，络腮胡子把他叫住了："我没弄明白，刚才您为什么不让那姑娘搭车呢？"

阿布迪斯心惊肉跳地回答说："塞韦先生告诉过我，判断人和鬼的方法就是看脚脖子，如果脚脖子上绑着一块写有号码的白布条，那就是鬼。"

原来，在十六年前的那场灾难中，因为死的人太多，为了便于及时辨认尸体，有关部门在死者的脚脖子上绑上了白布条，白布条上写有编号。

络腮胡子听到这里，笑了起来："就是这种白布条吗？"他说着撩起裤管，露出脚脖子上一根写着"23"的白布条。

阿布迪斯顿时吓得魂飞魄散，等醒过神来，络腮胡子和那辆轿车全不见了。他懵懵懂懂地朝前走去，走了没多远，一眼瞧见自己那辆心爱的老爷车正停在路边！怪啦，这车怎么会跑这儿来啦？

后来，阿布迪斯将全部的精力投入到调查鬼镇上发生的那场奇怪的瘟疫案中去。经过一年多的艰苦努力，终于真相大白：当年，那家安蒂诺里生物化学公司偷偷替军方试制一种新型生化武器，由于管理人员一时疏忽，用于试验的几只白老鼠从实验室逃出，它们身上携带着一种可怕的瘟疫病毒，结果传染到了人身上，于是惨剧就发生了。事发后，当局想尽一切办法掩盖了事情的真相……

阿布迪斯将内幕公布于世，一时舆论大哗，当年那帮丧尽天良的官员和安蒂诺里生物化学公司有关责任人，都被绳之以法。

半年后，阿布迪斯再次前往鬼镇时，有人告诉他，那地方已经风平浪静，再也见不到半个鬼魂了。而且，阿布迪斯还得知：那场惨祸发生后不到一年，老镇长塞韦就郁郁而终。所以，他和许多旅客见到的，其实是塞韦的灵魂……

（徐　彦）

（题图：魏忠善）

儿时的凶器

　　弗朗克先生驱车回到法国南部老家时，已是黄昏时分，雨瀑布般下了起来，接着就是电闪雷鸣。弗朗克先生平时害怕闪电，他将车驶到老屋门口的树林下，然后呆在车里，等待雨停雷息。

　　弗朗克一支接一支地抽着烟，然而，老天爷一点也没有转好的迹象，弗朗克只好硬硬头皮，决定下车。

　　说时迟、那时快，就在他打开车门的一刹那，一道闪电迎面劈来，一棵树以迅雷不及掩耳之势砸了下来，弗朗克轰然倒下……

　　警方来到现场，已是第二天早晨了，此时天空晴好，风和日丽。警方经过初步分析，判定死者不是自杀，因为他们惊奇地发现，弗朗克先生好像并不是被闪电夺走性命的，因为他包括头发在内的身体完好无损,没一处有灼烧的痕迹。而且,弗朗克似乎也不是被雷电劈倒下来的枯树砸死的,树木的高度还够不着他。

那么,是谁杀了弗朗克呢?

这个命案交给了一个叫詹姆斯的警察负责。验尸发现,弗朗克体内有一根又粗又长的铁钉,正是这根又粗又长的铁钉击中心脏,夺走了弗朗克的性命,铁钉钉人心脏的时间正是昨晚。

詹姆斯于是着手走访弗朗克家人。调查表明,弗朗克并不富有,平素与他人交往不多,基本上是一个老实本分的人。他住在法国北部,已有二十年没回南部老家了。家人说,弗朗克对驱车回老家充满幸福感,临出发前他还表示,一定要带一袋老家的土回去。

一个如此热爱家乡、热爱生活的人,又有谁会深怀大恨对他暗下毒手呢?詹姆斯百思不得其解,他觉得这里面一定有问题!

詹姆斯决定从铁钉入手。此前,他已找专门机构鉴定过,那是一枚四十年前用来盖房子的铁钉,如今早已停产。詹姆斯撕开弗朗克老屋的封条,走进这座二十年无人光顾的屋子,蓦然间他发现,就在墙角的一个旧工具箱内,盛了不少钉子。

钉子!詹姆斯如获至宝,他三步两步走过去,在工具箱里翻弄着,企图发现与弗朗克体内一模一样的钉子。

然而他失望了。

但这给詹姆斯打开了一条思路:这枚钉子兴许跟老屋有关。于是他去拜访弗朗克老母亲,想从老人那里发现线索。

弗朗克的老母亲八十开外,记忆力特好,詹姆斯一拿出那根钉子,老母亲就立即说,弗朗克小时候经常玩这些东西。

凭感觉,詹姆斯认为弗朗克母亲的回忆非常重要,但他又不知道这跟案件有什么关联。

正当此时,老天又下起了瓢泼大雨,闪电也跟着撕破了长空——詹姆斯灵机一动,何不模拟一下当时出事现场的环境?

说不定可以找到突破口呢!

詹姆斯立即驱车赶了过去,他猜测分析:风雨交加,电闪雷鸣,弗朗克一打开车门,只见一道闪电划过,一棵枯树被劈中,一根又粗又大的铁钉飞过来,弗朗克随之倒下——就在詹姆斯真的模拟弗朗克当时的方向与姿势倒下时,又一道闪电劈了下来,强烈的电光照亮了整个树林,詹姆斯发现,那棵枯树断裂的地方正好处于弗朗克心脏位置的高度。詹姆斯赶紧跑到枯树旁,他灵光一现:莫非那根铁钉是在穿透枯树后才进入弗朗克体内的?

第二天,詹姆斯请来木匠,将枯树刨开。木匠们惊异地发现:枯树身上除了闪电留下的劈痕,浑身上下竟留有大大小小数百根钉子!

原来弗朗克打开车门时,一道闪电劈开了树干,留在枯树体内的铁钉在雷电的作用下飞出了树身,其中一根竟意外射中了弗朗克的心脏。

这就是说,是弗朗克用儿时的手杀死了五十年后的自己;或者说——弗朗克死在树的报复之下。

(岳　扬)

(题图:箭　中)

女 房 东

韦佛是个英俊的小伙子，他接受总公司的委派，要到千里之外的巴斯分公司去工作。

当晚九点，火车抵达巴斯。出了车站，韦佛打算先找家旅馆住下来，第二天再去分公司报到，于是便顺着站前大街一路往前找去。

他看到沿街有一户人家，窗户上贴着醒目的红纸广告：供应床位和早饭。他心里一动，探头向窗内一瞧，看到客厅的壁炉里跳动着火焰，地毯上蹲伏着猎狗，鸟笼里关着神气活现的鹦鹉，靠墙一角还摆放着一架钢琴。韦佛觉得住在这里一定很不错，于是就跨上台阶，按响了门铃。

来开门的是一位老妇人，见了韦佛就像见到自己儿子一样，亲切地微笑着,说:"快,快进来!"

韦佛说:"我正在找住宿的地方,请问……"

老妇人没等他说完,就点头道:"我知道,早给你准备好了,亲爱的!"

韦佛小心翼翼地问:"那……这儿住一晚多少钱?"

"一晚上五先令六便士,包括早饭。"

这么便宜? 韦佛不禁脱口道:"太好了,就这样吧,我很喜欢这里。"

老妇人把韦佛领进门,领着他上楼,并对他说:"要知道,我并不是一直有兴趣让陌生人住进来的。"

"哦!"韦佛觉得自己很庆幸。

老妇人说:"对陌生人,我得挑选,我有我选择的标准。你懂我的意思吗?"她说着,突然停下来,上下打量着韦佛,"请相信我的眼光,像你这样的人的确很难找。"

"哦?"韦佛突然觉得这老妇人有点怪怪的,不过他也没有多想。

老妇人领着韦佛一直走上三楼,指着靠楼梯的一个房间说:"你就睡这一间吧! 但愿你会喜欢。"她说着,推开那个房间的门,按亮了电灯开关。

"哇!"韦佛不禁愣住了:房间里的陈设,要比豪华饭店还要考究气派。住这样一个客房,居然只收五先令六便士? 韦佛觉得自己今晚真是捡着大便宜了。

老妇人看到韦佛脸上那惊讶的表情,得意地笑了,对他说:"我已经在床上的毛毯里放了一个热水袋,倘若你还冷的话,可以往壁炉里再添些柴火。"

"谢谢,太谢谢了!"韦佛心存感激,不住地点头。

老妇人两眼盯着韦佛,说:"你能来,我太高兴了,刚才我还放心不下哩!"

韦佛顿时觉得很不好意思:"其实您不必为我操心,我只住一晚,怎么能太打搅您呢?"

可老妇人却像母亲对待远归的儿子那样,唠叨个不停:"亲爱的,晚饭怎么办呢?你大概还没吃晚饭吧?"

"不不不,"韦佛说,"我肚子一点都不饿,只想赶快睡觉,因为明天一早我就要去公司报到。"

"哦,是这样!"老妇人于是点了点头,关照韦佛说:"那好,待会儿你下楼到客厅来登个记就行了。"说完,她就走出房间,先下楼去了。

瞧着她蹒跚的背影,韦佛心里猜测着:说不定,她是因为儿子在战争中丧生了,所以才会对年轻人产生兴趣,以求得到心灵上的补偿?

韦佛稍稍整理了一下行装,洗了个手,就下楼去客厅登记。客厅里的气氛非常温馨,壁炉里的火焰依然在跳动着,那只小猎狗还在地毯上蹲伏着,鹦鹉在笼子里依然神气活现,韦佛非常喜欢这里的一切,他搓着手,心想:我的运气真不坏!

只是,老妇人不在,韦佛于是在沙发上坐下来等。可等了好一会儿,老妇人还没来,韦佛四下一看,这才发现旅客登记单其实就放在离沙发不远的桌上,便起身走过去,拿出笔,在上面写下了自己的姓名和住址。

韦佛发现,在他之前,登记单上还有另外两个人的名字,一个是来自英格兰的亚克,一个是来自苏格兰的邓普。韦佛觉得这两个名字好熟,似乎在哪里听到过。"邓普?亚克?"他自言自语道。

"是的,他们都是非常迷人的小伙子。"一个声音突然在韦佛身后响起,把他吓了一跳。韦佛转过头来,看到老妇人正站在他身后,手里端着一个银盘,上面放着茶具。

韦佛对老妇人说:"怎么我觉得这两个名字听起来都特

别熟？"

　　老妇人看了他一眼："是吗？那太有趣了。"

　　"这真的有点奇怪，"韦佛一边说，一边拼命在脑子里搜索，"也许是在报纸上见过？会不会是什么体育明星吧？"

　　"体育明星？"老妇人把银盘往茶几上一放，说，"我不认为他们有什么名气，不过特别年轻英俊倒是真的，就像你一样。"

　　"像我一样？"韦佛瞥了一眼桌上的登记单，注意到他们在这儿借宿的时间已经相隔很久了，邓普差不多是两年前，亚克还要早一年。

　　只听老妇人轻轻叹了一声："真是岁月如流啊！"随即，又热情地招呼韦佛道："来，亲爱的，你坐下喝杯茶。我这儿的茶味道还不坏，你尝尝。"老妇人说着往沙发上一坐，摆茶具和点心，给韦佛泡起茶来。

　　韦佛惊讶地发现，老妇人有一双和她年龄极不相称的白皙的手，手指甲上还涂着红红的指甲油。

　　"等一等，"韦佛突然若有所思地喊起来，"我敢肯定，我在报纸上看到过他们的名字，邓普……亚克……"

　　老妇人忙着泡她的茶，问韦佛："你喜欢在茶里加牛奶还是加糖？"

　　"牛奶！多谢。亚克……对了，"韦佛叫起来，"我还记得，亚克是读伊坦中学的。"

　　"伊坦中学？"老妇人摇摇头，"他来我这里的时候，是剑桥大学的学生。不过，咱们别管这些了，来，亲爱的，坐到我身边来，先喝杯茶再说。"老妇人说着，朝韦佛拍了拍她身边沙发上的空位。

　　韦佛于是便走过来，在她身边坐下。差不多有三分钟的时间，他们只是默默地喝茶，谁也不说话，韦佛一直觉得老妇人在注视着他，而且还从她身上闻到一股怪怪的气味，韦佛心里陡然生出一丝莫名的紧张。

这时候，老妇人先开了口："我记得，亚克很会品茶，我活了大半辈子，还没见过像他这么讲究喝茶的。"

韦佛说："您这么喜欢他们，难道他们离开这么久，就一次也没来看过您？"

"离开？"老妇人皱了皱眉头，"亲爱的孩子，他们从来没离开过，他们现在仍然住在这里，亚克和邓普都在，他们住在四楼，他们俩住在一起。"

韦佛诧异地看着老妇人："他们没离开过？他们就……住在我楼上？今晚？现在？"

老妇人微微一笑，轻轻拍了拍韦佛的肩膀："亲爱的，你多大了？"

"十七岁。"

"啊，十七岁！"她轻呼着说，"那是最美妙的年龄！亚克也是十七岁，但看上去他比你矮了一点，牙齿也没有你这样白。韦佛先生，你有一副漂亮的牙齿，你自己知不知道？"老妇人说这番话的时候，那脸上的表情，就像是在评判某一样东西。

她又接着说："当然，邓普比你们俩都要大些，实际上他已经二十八岁了，不过要是不说，你怎么也猜不出来。我从来没有见过像他这么完美的身子，全身上下没有一点瑕疵。"

"全身上下？您这是什么意思？"

"他的皮肤就像婴儿一样细嫩。"

"您说什么？"韦佛突然有一种毛骨悚然的感觉，他端起茶杯慢慢地喝了一口又一口，在等老妇人继续说下去。可他已经将一杯茶都喝完了，而老妇人却似乎在有意保持沉默，只是静静地看着他，什么话也不说。

最后，韦佛忍不住了，一抬头，看到关在笼子里那只鹦鹉，就没话找话地说："看那小家伙，多神气，您养了它很久吗？"

谁知老妇人却语出惊人："可惜啊，它早就死了。"

"死了?"韦佛惊得差点从沙发上跳起来,"它怎么是死的?谁有本事把它弄成这样?您不说我都没看出来。"

"我!是我弄的。"老妇人平静地说。

"您?您弄的?您为什么要这么做呢?"韦佛这时才突然意识到,就连那只蹲伏在地毯上的小猎犬,自他进客厅之后,都没动过一动。

韦佛不由自主地从沙发上站起来,走过去摸摸猎犬,又走到笼子前,伸出手指去触摸鹦鹉,这才发现它们原来都是制作得非常精良逼真的标本。

"天!"他惊呼起来,转过头向老妇人赞叹了一声,"做得真好,简直就跟活的一模一样!"

老妇人笑着问他:"喂,你还要不要茶?"

韦佛直摇头:"谢谢,这茶有点苦,好像放了不少柠檬。"

"你签好了登记单?"

"哦,签好了。"

"那很好,以后我如果忘记你的名字时,可以在那上面查。"

这时候,韦佛像想起了什么似的,问道:"对不起,我要问一下,这两三年中,除了他们两人,难道您这儿就没有别的客人来过?"

老妇人意味深长地对韦佛笑了笑,说:"没有,除了你。"

韦佛眼前突然灵光一闪,他想起来了,伦敦一家报纸曾先后报道过,一个叫亚克和一个叫邓普的小伙子,他们分别到巴斯城不久,就无缘无故地失踪了!

韦佛终于明白这个老妇人是干什么的了!但此时他只觉得自己头发昏、脑发胀,迷迷糊糊中,他听到老妇人阴冷的笑声:"哈哈哈哈,我会把你做成更美的标本,让你永远住在我这儿,我每天都来欣赏你……"

(达 摩 改编)

(题图:箭 中)

恐怖的复活

　　在遥远的地球一端,有一个极为神秘的海岛国。这天,一家旅游杂志的摄影记者罗金斯,乘邮轮来到了这里。

　　岛上的一个村子里,当地人正在举行一场葬礼,那诡秘古怪的仪式让罗金斯感到无比新奇。死者是一名青年男子,他的尸体被放入墓坑后,一个男人突然跳下去用刀将他的脖子割断,然后大家才开始往坑里填土。罗金斯看得胆战心惊,搞不懂当地人为什么要这么做。由于语言不通,他无法与他们交谈,这让他很苦恼。

　　回到城里,罗金斯在住地碰到了一个同族人,他太高兴了。但对方的神情看上去很忧郁,罗金斯和他一聊,才知道这人叫克拉姆,是一家烟草公司的职员,专门负责公司在海岛国的烟草种植和收购任务。两个月前,克拉姆的女儿从家乡过来看他,却莫名其妙地突发高烧,最后死在了岛上,病因至今也没有查明。因为天气炎热,尸体无法运回,只好在当地安葬,女儿之死,让克拉姆闷闷不乐。

罗金斯提议,不如去找个地方喝一杯解解闷,于是两人便顺着大街来到一家小酒吧,要了两瓶酒,坐下来边喝边聊,谈得倒也投缘。

喝完酒,两人不觉都有了些醉意,克拉姆提议去洗个桑拿浴,罗金斯连声说好,于是两人便又去了一家名叫"蔓陀萝"的浴室。侍者十分殷勤地把他们分别安置在两个相邻的包间,待他们洗完,还叫来两个女孩替他们按摩。

罗金斯惊讶地发现,为他服务的这个女孩皮肤很白,一头秀发,眼睛像深海一样湛蓝,很像自己家乡的女子,可他试着用家乡话和她聊,她却毫无反应。再仔细看,罗金斯发现这女孩虽然长得漂亮,但神情却很呆滞,按摩动作也不专业。罗金斯猜测这女孩可能是从事色情服务的,于是就闭上眼睛不再说话,不一会儿竟昏昏睡了过去。

不知过了多少时候,罗金斯突然听到克拉姆在叫他:"怎么,还没完吗?"他一下惊醒过来,睁开眼睛一瞧,见女孩还在他身上机械地敲敲打打着,忙说:"克拉姆,进来吧,我这就好了。"

克拉姆应声走进包间,可谁知一看见这女孩,他的眼睛就直了:这不就是两个月前他刚死的女儿克拉妮娅吗?"克拉妮娅,怎么是你?"克拉姆扑上去,拉过女孩,捧起她的头,盯着她的眼睛喊道,"克拉妮娅,你说话呀!这到底是怎么回事?"

但让克拉姆奇怪和揪心的是,女孩脸上居然毫无表情。克拉姆愣住了,疯一般的转过女孩的身子,果然在她的左肩上找到一块青色的胎记,上面还有一颗红痣。克拉姆拼命摇着女孩的肩膀:"克拉妮娅,你说话啊,克拉妮娅!你为什么不说话?"

就在这时，有两个大汉冲进来，像拎小鸡一样把女孩拎走了。

罗金斯惊得目瞪口呆："克拉姆，你没认错人吧？她真是你女儿？"

"我的女儿，怎么会认错？"克拉姆喃喃道，"可她明明是死了啊，这到底是怎么回事？"

罗金斯想了想，对克拉姆说："你马上回去，看看她的墓有没有异常情况。"

克拉姆立即点点头："对，我马上就赶回去，查清事情真相，揭开这个谜。罗金斯，你能帮我在这里监视着吗？"

罗金斯用力地点了点头，说："我会的！你快去快回。"职业敏感告诉罗金斯，自己必须坚守在这里，一定会有新的发现。于是在克拉姆走后，罗金斯就一直在浴室附近转悠，还偷偷拍了不少资料，但遗憾的是一直没有发现什么有价值的东西。

就在罗金斯差不多要泄气了的时候，这天，他突然看见浴室老板把克拉姆的女儿克拉妮娅带出浴室，坐上了一辆马车。罗金斯心里一惊，赶紧悄悄坐上另一辆马车跟了上去。

马车出了城，来到乡下一个农庄，只见那里满地是绿油油的烟草，一些当地人正在地里锄草。浴室老板的马车到了之后，不一会儿，庄园主走了出来，和浴室老板嘀咕了一阵，数出一叠钞票交给他，然后就把克拉妮娅带进庄园里去了。

罗金斯在远处偷偷用变焦镜头拍下了这个过程。他惊讶地发现：那些在地里干活的人，他们的神情举止与克拉妮娅非常相似，神情呆滞，动作僵硬，就像一具具没有灵魂的活尸。罗金斯感到了一种莫名的恐惧，回到城里之后，他赶紧给克拉姆发电报，告诉他这一发现。

不久，罗金斯又去了那个农庄，他发现他们训练克拉妮娅剪烟叶时，先把一颗药丸塞进她嘴里，在念了一通咒语之后，才手把手地教她。如果克拉妮娅做对了，就奖给她一片木薯；做得不对，就抽她皮鞭。罗金斯气得浑身发抖：混蛋！竟敢把我的家乡人当牲畜？

两天后，克拉姆回来了，和他同来的有海岛国当地警方派出的翻译和两名警官。克拉姆告诉罗金斯，他回去后打开了女儿的棺木，里边果然没有女儿的尸体，于是便到警察局寻求援助。

有了罗金斯拍摄的一系列照片，解救克拉妮娅的事情就变得简单了。可是克拉妮娅被解救后已经没有了记忆和思维，什么事情都不知道，连哭和笑这样简单的表情都没有。克拉姆抱着女儿，欲哭无泪。罗金斯不明其中原因，翻译告诉他：克拉妮娅确实死了，她现在只是一具被海岛国某些人用巫术制成的"还魂尸"，那些在烟草地里干活的人也一样。

在当地，一些人有一种非凡的本领，能从热带植物中提炼出一种特殊的毒素。这种毒素只要沾染到人的皮肤，就能让他莫名地高烧死亡。而在死后二十四小时内，他们又能用另一种毒素让他"还魂"过来。开始时，这只是出于对仇敌的一种报复，后来因为这些活尸能做简单的劳动，就逐渐演变成了一种"人口"交易。这在海岛国，是一个公开的秘密，所以有的人家死了人，担心尸体被偷去制成还魂尸，就在下葬时把死人的脖子割断，或者用大铁钉把心脏钉穿。

原来是这样，怪不得罗金斯看到葬礼上那相似的一幕。他连连摇头："这太野蛮，太可怕了！可是，他们为什么要对克拉姆的女儿下毒呢？"

翻译瞥了克拉姆一眼，说："原因也很简单，克拉姆先生的烟草公司垄断了海岛国的烟草市场，把无数海岛国人变成了他们公司廉价的'活尸'，所以一些当地人就用这个古老的方法来报复他。"

（游　子）

（题图：魏忠善）

啼 笑 皆 非

实际上我们经常误解自己，而且很少理解旁人。经验是没有伦理价值的，它只是人们为自己的错误巧立的名目而已。

美女加工厂

　　加林是个单身汉,现在想成个家了。那天,他给一家婚介所打了个电话,并把自己的有关资料用传真发了过去。

　　第二天,他接到婚介所的电话,是一个小姐娇滴滴的声音:"喂,你好,我们已经按你的要求,在美女加工厂为你找到了未来生活的伴侣。如果你愿意,今天下午就可以把她接回家。"

　　加林放下电话,心里甜蜜蜜的,他冲出门,跳上"蓝鸟"车,不到半小时,就把新娘从美女加工厂接回了家。

　　那新娘长得可真美,面如桃花,高鼻梁,大眼睛,双眼皮,樱桃小口,一头金发。一切的一切都无可挑剔,加林咧着大嘴笑了。

　　这天,朋友老王邀请加林去参加一个聚会,还说会让他在那里得到一个意外惊喜。加林一听，毫不犹豫地带着新娘去了。可到了那里一看，加林几乎昏了过去：一屋子的女人，全和自己的新娘一模一样，他所有的朋友都换了老婆，新夫人的模样，都和他的新娘好像是一个模子里出来的。

加林没想到美女也能成批生产！正在发呆，可转眼之间，他的新娘却一阵旋风似的跑进了那一堆美女中间，"唧唧咕咕"地说开了话。

加林被这些美女身上幽幽的香水味熏得头昏脑涨，好不容易等到聚会结束，妻子小鸟依人般的向他飞了过来："亲爱的，我们走吧，我都快累疯了……"

加林和妻子回了家，这天夜里两人太疲倦了，倒下就睡，一夜无话。

第二天，加林一早就出去谈生意，很晚才回来，推开家门，妻子已经准备了一桌丰盛的晚餐，正含情脉脉地等着他……新婚的日子是甜蜜的，就这样过了一个月。

一天早上，加林懒洋洋地睁开眼睛，看见妻子正在收拾行李，他奇怪地问："怎么，你要去旅游？"

"嘿嘿！"妻子张开小嘴，发出了一阵清脆的笑声，"不错，我是要去旅游，不过是到我老公那里去旅游。"

加林几乎要窒息了："你……你老公？"

"是呀，我老公就是你的好朋友老王呀！我本来以为你比他年轻，一定比他有趣，谁知你还不如他，比他更小气。老王一个月给我买六瓶香水，你呢，一个月里居然连一盒化妆品都不给我买！"

自从那天晚上聚会回来后，加林发现这么多的女人都和自己的妻子长得一模一样，就对妻子没了热情，可他没有想到，那晚带回来的竟然是老王的老婆！加林气得直瞪眼，老王的老婆却一声"拜拜"，朝他挥挥手，走了。

加林心想，自己的妻子现在不知在谁家给别人当老婆呢。不过他已懒得为此操心了，身边没有了那一张和别人一模一样的脸，倒像是扔掉了一个包袱，现在，他要去寻找真正属于自己的女人。

加林来到了街上，一看，我的妈呀，满街的金发美女，一律都是高鼻梁、大眼睛、双眼皮。他想回家，刚走到自家那幢二十层大楼前，突然看到一个肥胖的影子从弄堂里闪出来，那是一个胖得像大象的女人，而且长得非常丑陋，满脸横肉，正迈开大步向大楼走去。

加林终于找到了一个与众不同的女人，他连忙追了上去："请问，你能嫁给我吗？"

胖女人一听，怒气冲冲地回过头来，挥着钵头大的拳头对加林说："你再敢骚扰老娘，老娘就揍扁你的头！"

加林吓了一跳，可他不死心，还是苦苦央求："求求你，嫁给我吧！"

谁知话音刚落，加林听到身后响起了地动山摇般的脚步声，他惊恐地回头一看，不知什么时候，身后已经跟着一大群人，都是男的，那队伍很长很长，像潮水一般涌着，每个男人都疯狂地伸出双手，朝那个又丑又胖的女人狂喊："嫁给我吧！嫁给我吧！"

加林很快也加入了这个队伍，一群男人追着这个极其丑陋的女人，进了一幢二十层的大楼，一层一层地追着……

（马宏敏）

（题图：魏忠善）

我有法眼

杰克最近连着搞的几个设计,都因为缺少新意而被客户退回。老板对此大发雷霆,说如果再这样的话,马上请杰克卷铺盖走人。

这天下班后,杰克去酒吧借酒浇愁,喝到很晚才醉醺醺地回家。踏进家门,手刚触到电灯开关,突然就觉得一阵火烧火燎的疼痛,一股辣辣的热流立刻从指尖传遍他的全身,一阵眩晕,杰克什么都不知道了。醒过来的时候,天已经大亮,杰克只觉得浑身都疼,他挣扎着从地上爬起来,想起昨天晚上奇怪的一幕,仔细查看,发现原来是开关漏电,盖壳已经被电流烧得发黑了。

杰克抬腕一看表,我的天,已经十点半了。他慌慌张张地赶到公司,该死,老板就站在那儿等他。老板冲着杰克吼道:"混蛋,你迟到了,你这个好吃懒做的家伙,快去干你的活,不然你就死定了。你这个畜生!"

杰克被骂得大气不敢出一声,刚想转身走,突然他眼睛瞪得溜圆,因为他看到老板的秃头顶上竟然出现了一个畜生的影像。

老板看杰克瞪着自己,抬起大脚丫子就朝杰克屁股上踢了一脚:"你这个畜生,你发什么神经病?"

杰克被老板这么一踢,一下子回过神来,赶紧跑到自己的办公室。坐在办公桌前,他擦着头上的汗,心想:我这是怎么了?

同事米勒看他呆呆的样子,关切地过来约他说:"街口新开了一家比萨店,今天中午我们一起去尝尝?"

杰克摇摇头:"你去吧,我没有胃口。"他说着,突然看到米勒的头上怎么有一个比萨饼的影像?我这是怎么了?杰克心里害怕极了:难道是我的脑子被电坏了?

杰克决定先喝一杯咖啡,让自己清醒清醒再说。

去倒咖啡的时候,杰克路过马森的办公室。马森现在是老板的大红人,他设计的好几个方案都得到了客户的首肯,杰克很想看看他设计的图纸,可又不好意思开口。正犹豫着,突然,他看到马森头顶上有一幅已经完成了大半的设计图影像,创意非常不错。杰克惊呆了,咖啡也顾不得去喝了,赶紧跑回自己办公室,依样画葫芦地把刚才看到的马森的设计图记下来,又加加减减,很快就把自己的设计图搞定了。

杰克把图拿给老板看,老板脸上露出了笑容:"你这个畜生脑子终于开窍了!"

老板叫大家来看杰克设计的图纸,马森的眉头不禁皱了起来,他满腹狐疑地看了杰克一眼,杰克心里痛快极了:一定是触电给了我特异功能,哈哈,我有一双法眼啦!

杰克试着四下一扫,果然看到每个同事头顶上都有一幅影像:米勒的影像是茱蒂,茱蒂是公司里的头号大美人;啊,茱蒂的影像竟然是和老板在床上亲热,原来老板和茱蒂还有这么一腿……杰克不由在肚子里笑出了声。

从这以后,每次来设计订单,杰克都先去看看马森和其他同事头顶的设计影像,然后再取其精华,融会贯通,做成自己的设计方案。这样一来,他的业绩突飞猛进,老板给他的笑容越来越灿烂,几个月后,他就被提升为设计室的主管了。

同事们怀疑杰克是在窃取别人的劳动成果,可又拿不出一点证据,无奈之下就对杰克起了戒心,每当杰克作为主管向他们征求设计方案时,他们都支支吾吾地不答话;杰克经过他们身边时,他们都下意识地挡住自己的图纸。

不过,他们越是这样,杰克越是在心里暗笑:你们以为这样我就看不到? 真是一群笨蛋!

接下来,马上就要举行全市建筑设计大赛了,奖金高达一百万美元,全公司的人都摩拳擦掌,准备一博。杰克也跃跃欲试,他不仅到处看同事们头顶上的设计影像,还跑到别的设计公司去打探。

这天晚上,夜已经深了,杰克还在动脑筋想方案,搞得头都大了。他到厨房去煮咖啡,插上电源开关的时候,只觉得手臂一阵酥麻,坏了,又触电了,一阵电流从他体内通过,他又失去了知觉。醒来的时候,又是第二天早上,杰克真有点哭笑不得:我怎么老触电啊? 一看表,真是见鬼,又是十点半了!

杰克赶到公司,同事们都在埋头设计,大家一看杰克来了,都像躲瘟神一样躲着他。杰克也不在乎,趾高气扬地走进自己的办公室,习惯性地透过玻璃幕墙,想先看看同事们都有些什么新创意。不看则已,这一看杰克就吃惊起来:同事们的头顶上空空如也,什么影像也没有。怎么回事?

杰克发疯一样冲出办公室,眨巴着眼睛满公司上下乱蹿。真的,什么也看不到了,法眼失灵了! 难道是昨晚触电造成的?

这么关键的时候，没有法眼可不行。

杰克脑子一动：我的法眼是触电得来的，又是触电而消失的，那我索性就再去触一次电，不就行了吗？他一路狂奔回家，进门就摸开关，一阵电流通过，果然晕了过去。可第二天醒来，还是什么影像也没看到。

杰克不死心，如是三番五次，人被电流击得四肢老是抽搐，可还是不管用。

老板看到杰克整天魂不守舍的样子，骂他："你这个畜生，怎么又犯浑了？"

杰克很不甘心地围着老板转了一圈又转了一圈，盼望着能在老板头上看到影像，可结果却什么动静也没有。

老板气得抬脚又把杰克踹了个狗吃屎："混蛋，干活去吧，还磨蹭什么？"

杰克趴在地上半天没起来，同事们想笑又不敢笑出声。

此时，突然窗外划过一道闪电，传来隐隐的雷声，杰克脑子里电光一闪：是不是我触电的电流量不够？我何不用闪电再试试？杰克着魔似的奔出公司大楼，驾车来到郊外一片空旷的荒地上，跳下车，满地上跑来跑去，边跑边朝天空狂喊："闪电来吧，快来吧，来电我吧，我要法眼！"

天空中顿时电闪雷鸣，道道闪电就像条条金蛇在空中狂舞，声声巨雷震耳欲聋，终于，一道耀眼夺目的闪电劈了下来……

第二天早上，人们发现街上有一个衣衫不整的男人，浑身散发着一股焦煳味，他边走边手舞足蹈地对过往的路人傻笑："嘿嘿，我有法眼，我要得大奖，一百万美元哩！"

（董　轶）

（题图：箫　中）

教授的发明

　　教授带着助手秘密地在地下实验室里待了半年，没有回家一次。不是他不想回，而是没有时间，有时候实在需要什么，他也是让助手帮他回家拿。因为他和助手正在致力于一项"脑电波转换仪"的研究，这种仪器能够把一个人的思维从他头脑中抽取出来，通过电波的形式转换成特殊的程序，然后加载到另一个人的头脑中去。

　　这种转换仪的好处是，能够让一个衰老或者病危者的思维，有可能通过仪器得到永生。但残酷的是，被加载思维的那个人会因此而死去，而对方将通过他的躯体获得重生。

　　试验的过程非常艰辛，所以当成功来临的那一刻，教授激动得泪流满面。

助手斟上满满一杯酒,对教授说:"为了庆祝这项发明的成功,教授,我敬您一杯!"

教授接过酒杯刚要喝,突然耸耸肩道:"啊,我差点给忘了,医生嘱咐过,我不能再喝酒了。"

助手的脸上顿时闪过一丝失望的神色,但教授正沉醉在成功的喜悦和兴奋之中,所以根本没有注意到。

教授兴致勃勃地对助手说:"不喝酒,我们也可以好好庆祝。亲爱的,从现在起,你我恐怕都要在人类医学科学发明史上留下英名了啊!"

助手笑了笑,谁知却突然阴冷地说:"没错,尊敬的教授!不过,能在发明史上留下英名的不是你,只能是我!"

"你说什么?"教授惊诧地望着自己的助手,一种不祥的预感袭上了他的心头。

但是已经晚了,一把锋利的匕首就在这个时候深深地插进了教授的胸部,鲜血立刻喷射出来。

"你……"教授只吐出一个字,就倒在了地上。

助手面目狰狞地看着教授,说:"我本来给你准备的是毒酒,可以让你死个痛快,可你却突然说戒酒了,所以我只能出此下策。这可是你逼的,不能怪……"

谁知他话还没说完,突然全身一阵颤栗,也倒在了地上。

原来,是已经倒在地上的教授拼着最后的力气,按动了他身旁的一个应急按钮,这个按钮直接连着脑电波转换仪的开关,于是教授的思维立刻通过转换仪加载到了助手身上。

助手死了,而教授却通过助手的躯体获得了重生。

教授从地上站起来,精神抖擞地走出实验室,往回家的路上走去。

已经半年没回家了,教授想给妻子一个惊喜,所以走到家门口时他没有用钥匙开门,而是按响了门铃,他要好好享受一下妻子在突然见到自己回家时的那种感觉。

果然,妻子一看他回来了,立刻张开双臂扑了上来。

教授一把把妻子拥入怀中,可是立刻又懵了:不对呀,我是通过那个该死的助手的躯体来获得重生的,在妻子眼里,我现在应该是助手的外貌,她怎么会一下子认出我来?

教授正迟疑着,他妻子却抢先开了口:"你这个死鬼,是我那糟老头子叫你来的?可想死我了!"妻子一边说,一边抱住教授又要狂吻起来。

教授终于明白了,他猛地推开妻子,说:"等等,我看这不大合适吧?"

妻子惊疑地望着教授,在她眼里,此刻站在面前的当然就是教授的助手。妻子和助手相好已经不是一天两天了,所以妻子奇怪地问:"你今天是怎么啦?"

教授强压住心头的怒火,冲口回了她一句:"不舒服。"

妻子的眼睛里闪过一丝忧郁:"难道事情不成功吗?"

"什么事情?"教授听不懂。

妻子喊起来:"亲爱的,你今天到底怎么啦?你不是说要用毒酒毒死那个糟老头子,然后带着我远走高飞吗?难道计划落空了?"

教授一听,浑身的血液都往头上涌,他冷笑了一声,说:"没错,你们的计划是落空了!我就是你的那个所谓的糟老头子。"

教授没想到自己一直深爱着的妻子竟是这么一个丧心病狂的人,盛怒之下,举起拳头就雨点般地向妻子身上砸去。

就在这时,只听身后有人大声喊道:"住手吧,助手先生,请你跟我们去警局一趟,我们怀疑你与教授的死有关,而且现在你竟又对他妻子如此行凶。"

教授愣住了:"哦?不,我想你们一定弄错了!"他极力辩解道,"我就是教授本人。"

"是吗？嘿嘿!"警察冷笑道,"助手先生,看来我们不得不告诉你一个对你不利的消息,我们在实验室里发现一盘录像带,上面记录了你用刀子捅死教授的全过程,你是赖不掉的!"

教授急得汗都出来了:"没错,是我的助手杀死了我。可是你们现在看到的我,其实就是我呀,我……"教授说得语无伦次,最后连他自己都分不清谁是谁了。

警察当然不会明白教授在说些什么,他们都怀疑他是不是疯了,决定先把他带回警局。

呼啸的警车声中,只听到教授在痛苦地喊:"你们搞错了呀,我就是教授,你们快放了我吧!"

可是,除了他自己,又有谁能看懂眼前这怪事儿呢?

（郭东晓）

（题图：魏忠善）

魔术师的报复

有位女法官，在法庭上羞辱了一个魔术师，骂魔术师为"魔头"。魔术师于是怀恨在心，发誓要报复她。

女法官知道魔术师说得出、做得到，心里十分紧张，就雇了一名私人侦探，让他去监视魔术师的动向，说一旦有情况，就及时和她联系。

这天，侦探打电话给女法官，报告说："法官，魔头从家里出来了。"

女法官说："很好，你就偷偷跟在他后面，千万别惊动他。不过我提醒你，这是个非常狡猾的家伙，不但诡计多端，而且精通易容术。据说有一回，有人明明看见他进门时是个年轻的小伙子，可出门后却变成了白发苍苍的老太婆。所以，你一定要盯紧他,千万别让这家伙从你的视线里消失。"

"哎呀,你真是料事如神啊!"电话那头,侦探突然激动地叫出声来。

女法官惊讶地问:"怎么回事?"

侦探说:"魔头刚从一家服装店里出来,真是太奇妙了,他现在变成一个漂亮迷人的性感女郎了。天哪,大街上的男人都在回头看他!唉呀,我敢肯定,如果不知底细的话,我也会被他现在的美貌倾倒。"侦探在电话那头不住地啧啧叹息。

"住嘴!我是请你来工作,不是请你来说废话的。"女法官生气地斥责他道,"现在我命令你,给我死死盯住他别放,绝对不能掉以轻心!我断定他很快就会有所行动,只要一发现他下手作案,你就立刻通知我。"说罢,女法官挂断了电话。

两三个小时后,侦探又打电话来了:"法官,魔头现在来到一幢白色的别墅前,正与一位颇有风度的白衣绅士在密谈。"

"白色别墅?"

"对,他正在向那位白衣绅士推销药品……没错,是性药,我从望远镜里看得清清楚楚。"

"他这是在用色相引诱。难道那位绅士就没有拒绝吗?"

"拒绝?谁会拒绝一位漂亮小姐的诱惑?"侦探不以为然地说道,"倒是那位绅士显得有些过分热情,他不但主动邀请魔头进去坐,还亲手替他斟茶。"

"蠢货!"女法官骂道。

"哦,见鬼!法官,你猜他们又在干什么?"侦探冷不防又怪叫一声。

"干什么?"

"那绅士吻了魔头。"侦探用异常兴奋的口吻说道。

"这个蠢货,真恶心!"女法官充满厌恶地说道。

没一会儿,侦探又报告新情况了:"法官,白衣绅士已经服下了魔头给他的性药。"

女法官好奇地问道："怎么样,他吃了以后有什么反应吗?"

"好像没什么特别反应。反正他现在躺在沙发上,一动不动的,看样子像是睡着了。"

"怎么,他睡着了?那魔头在干什么?"

"哦,他可忙了,"侦探兴致勃勃地说,"他刚撬完保险柜出来,手里还拎着一个鼓鼓囊囊的大皮包。我敢肯定,那里面装的全是钱。"

女法官一听,大吼起来:"见鬼,那你还愣着干吗?还不赶快动手?"

"报告法官,来不及了,他已经跳上了一辆白色的'卡迪拉克'……"

"快告诉我,车牌号码是多少?我通知警察拦截!"

"车牌是……TZ95136。"

"什么?"

"TZ95136。"

"天哪!"女法官惊叫起来,"快拦住他,那是我丈夫的车。"

女法官直到这时才恍然大悟:怪不得白色别墅、白衣绅士、白色卡迪拉克,听在耳里怎么都觉得那么熟悉呢!

"对不起,法官大人,我恐怕帮不了你这个忙。"

"为什么?"女法官陡然一怔。

"因为我就是那个诡计多端的家伙,或者说,诡计多端的家伙和我是同一个人。告诉你也不妨,本人不但会易容术,而且还会拟声术、催眠术……你重金雇来监视我的那名侦探,怎么会是我的对手?他被我发现并施了催眠术后,把什么都说了出来,现在正安静地躺在我家里呢,相信一时半会儿还没法醒过来。"

(式 森)

(题图:李 加、史文琦)

歪 打 正 着

生活中必须见机行事,时而用软的一手,时而用硬的一手,有时则要当机立断、干净利索,豁出去干一下。

好运波克

　　波克是位牧羊人，他很善良，但却很软弱。波克放牧的那些羊见他性子好，便经常向他提一些非分的要求。

　　这天晚餐，波克做了一碗菠菜，一只羊钻进帐篷，大模大样地尝了一口，"呀！"羊叫了起来，"原来菠菜这么好吃！"

　　很多羊闻声围了过来，它们责问波克："为什么你吃菠菜，而我们只能吃草？这太不公平了！"

　　为了争取公平，那些羊举行了一次大罢工，第二天早上，太阳升起老高了，它们还不肯走出羊圈。波克着急了，他同意了羊儿们的要求，于是羊儿们也吃上了菠菜。

　　过了几天，羊儿们又觉得不公平了，对波克说："为什么你住帐篷，而我们只能睡羊圈？这可不行！"

波克无奈，只好让羊儿们晚上睡到帐篷里和自己挤在一起。

羊儿们见波克好欺负，又提出了新的要求："你曾经奴役过我们呀！现在必须由我们来做你的主人，这才叫公平！"

羊儿们把波克赶进了羊圈，每天早上出去"放牧"他，逼他在山坡上吃草。软弱的波克除了唉声叹气，一点办法也没有。

这天晚上，一群强盗来到了大草原，他们开始逐一抢劫所有的牧场。当最后来到波克的牧场时，他们打开羊圈，却发现里面躺着的是一个人。强盗们问波克："你怎么躺在羊圈里？"

波克叹了口气，说："是主人把我关在这里的！只有到了白天，他们才牵我出去吃草。"

强盗们大吃一惊：这儿的主人居然像放羊一样放人，这多厉害呀！他们吓得狼狈逃窜。第二天，牧人们发觉大草原上仅有波克的牧场被保住，他们很佩服波克，把他尊为英雄。

这一年，波克所在的王国遭受外敌侵略，国王想物色一位将军，统帅全军迎战敌人。牧人们向国王推荐波克，国王听了波克的事很高兴，便封他为将军。波克被逼无奈，只得穿上将军服。

这身将军服太漂亮了，波克刚穿上它，便惹得手下士兵全都红了眼，吵着嚷嚷："我们应该比武，只有最勇敢的人才能穿将军服，这才叫公平！"软弱的波克无法控制局势，只得说："大家别吵了，干脆一人做一套将军服吧！"就这样，所有的士兵都穿上了将军服，他们不再争吵，雄赳赳地向前线挺进。

敌军正在边境上严阵以待，准备大战一场，可当波克的部队开过来时，他们惊得目瞪口呆：对方光是将军居然就有几千个？他们大吃一惊，吓得撤退了三百里，从此再也不敢入侵了。

波克为国家立了大功，受到了国王的嘉奖，后来，他成了一位真正的将军……"

（胡纯琦）

（题图：麦荣邦）

菲拉的磨难

从前,有个女孩叫菲拉,母亲去世后,她跟祖母一起生活。

菲拉长得漂亮,堂兄佳尔非常爱她,要娶她为妻。村里还有四个女孩,但都不如菲拉漂亮,因此她们都妒忌菲拉。

一天,这四个女孩和菲拉一起去拾柴禾,回家路上,她们来到一口井旁。井水很深,一个女孩说:"谁要是把自己的项链扔到井里,谁就会婚姻美满,一生幸福。"

女孩们相约说:"咱们都把项链扔下去吧。"可是,她们扔进水里的其实是石头,只有善良的菲拉信以为真,把自己漂亮的项链投入了井里。

她们继续往前走。这时,一个女孩说:"戴上咱们的金项链吧。"她们又都戴上了金项链,可菲拉已把项链投到了井里。

菲拉终于明白女孩们并非对她一片真心,她气愤地说:"你们为什么骗我把项链扔进井里?"

女孩们说:"你的未婚夫佳尔有钱……"

这时天色已晚,这四个女孩都知道,晚上有一个食尸鬼会到井边来,谁呆在井边,谁就会被吃掉,于是,她们就花言巧语地哄骗菲拉:"干吗不回去把项链捞上来呢?"

菲拉不知道有食尸鬼出没,就回井边去了。她捞啊捞,这时天色越来越暗,菲拉害怕起来。就在这时,她听到身后有一个可怕的声音,回头一看,呀,竟然是一个面目狰狞的食尸鬼!

菲拉害怕极了,连声哀求:"哦,食尸鬼,别吃我呀!"

食尸鬼经过盘问,得知菲拉到井边来是为了捞项链,他表示愿意帮菲拉把项链捞上来,但菲拉必须按他的吩咐去做。

菲拉问:"你要我做什么?"

食尸鬼吩咐道:"明天太阳一落山,我就到你家,你得和我一块儿去骑马!"

"好吧。"

第二天,食尸鬼把自己打扮成一位英俊的王子,骑着一匹黑马来到菲拉家门口,喊道:"菲拉,快来骑马!"

菲拉趁祖母不注意,溜出门去,骑上食尸鬼的马走了。

这一天太阳落山时,佳尔来到了菲拉的家,他问祖母:"菲拉哪儿去了?"

祖母不知道。他们等啊等,天越来越黑,还不见菲拉回来,于是,佳尔便骑马去找菲拉。他逢人就问菲拉的下落,最后问到一位老人,老人说:"我看见菲拉和一位王子一同骑着一匹黑马走啦。"

佳尔心想:不管菲拉走到哪里,我也要把她找回来。他骑着马穿越了许多国家,找了整整一年,可还是找不到菲拉的踪迹。

这一天,佳尔滴水未进,疲惫不堪,夜里他靠在一棵树下,失望地自言自语道："我走不动了，我要死了，永远找不到菲拉了。"

就在这时，黑暗之中出现了一位老太太，她问："告诉我，谁是菲拉？她怎么啦？"

佳尔说："她是位善良、漂亮的姑娘。"接着，他把发生的事告诉了老太太。

老太太说："那可不是王子，是食尸鬼，只不过他有时把自己打扮成王子的模样。一年前，他把一个漂亮姑娘带回家里，那姑娘右眼下有一小块疤痕，她可能就是菲拉。"

"对，就是她，快告诉我如何救她。"

老太太说："这个食尸鬼醒一个月，睡一个月。再过三天，他就要睡了，一睡就是一个月。现在菲拉中了魔法，正在昏睡，头发长得很快，醒来后，她也就变成食尸鬼了。如果你到她身边，剪短她的头发，她就会恢复正常。"

"可是，食尸鬼会追上我们的，这可怎么办？"

"有办法。食尸鬼养着一条狗，这狗发觉你后会吵醒食尸鬼的，所以，你得把它杀掉。给你带上这三件东西。"

老太太给了佳尔一块木头、一块石头和一小罐水，又嘱咐他道："如果食尸鬼追来的话，你就先扔木块，再扔石块，最后扔这罐子水。"

佳尔谢过老太太，三天后，他骑马上山，来到食尸鬼的住宅前。佳尔没碰上什么阻挡便到了内室，见食尸鬼正在呼呼大睡。佳尔走进了另一间屋，看见菲拉拖着长长的头发正在昏睡，他走上前去，剪下了她的长发。

菲拉睁开双眼看到了佳尔，甜甜地笑了："噢，佳尔，你可来了，快带我走吧！"久别重逢的惊喜，竟然使佳尔忘了杀死那条狗……

佳尔和菲拉跨上了马，飞奔而去。不幸的是狗发觉了他们，那狗咬着食尸鬼的脚，把他弄醒了。

食尸鬼奇怪地问：“怎么啦？干吗咬我的脚？”

狗说：“来了一个人，把菲拉带走了。”

佳尔和菲拉拼命地逃，一会儿，食尸鬼带着狗追了上来。这时，佳尔把老太太送的木块儿扔了下来，霎时间，身后出现了一大片森林。食尸鬼追到森林跟前，把一棵一棵大树连根拔掉，扔到两边，开出一条通道来，穿过森林，继续追赶。

过了一会儿，佳尔问菲拉：“他们追上来了吗？”

菲拉点点头：“是的，他们跑得快极了！”

于是，佳尔扔掉了石块儿，他的身后立刻出现了一堵高墙。食尸鬼追到高墙下，试图翻过墙去，但不行，没办法，他只好从墙上拆石头，把墙拆了个洞，钻过去。

过了一会儿，佳尔又问菲拉：“追上来了吗？”

菲拉说：“是的，他们跑得像飞一样。”

这时，佳尔扔下了那罐水，转眼间，后面出现了一条大河。食尸鬼追到河边，狂笑着说：“哈，你们以为我过不去吗？我能把河水喝干！”说完，食尸鬼和狗一齐“咕嘟咕嘟”地喝起河水来。他们喝呀喝，可越来越多的水顺流而来，最后，食尸鬼和狗全被满肚子的河水撑死了……

佳尔和菲拉终于回到村里，举行了隆重的婚礼，过上了幸福的日子。

那四个女孩呢？人们后来都知道了她们的丑事，没有一个小伙子愿意娶她们为妻。最后，她们只好逃到别的村庄。而且，据说她们越长越难看了……

（蔡联珠　编译）

（题图：李　加）

不死的富翁

凯瑟琳小姐一心想成为亿万富婆,可她一无本事,二没运气,梦想怎么实现呢?

后来,一个偶然的机会,她认识了瓦尔立先生。瓦尔立年近八旬,是个富可敌国的大富翁,而且没有后代。

凯瑟琳得知这些情况后就动了心思,虽然从年龄上说,瓦尔立可以做她的祖父,但她乐意。因为只要两人一结婚,她就是瓦尔立遗产的唯一继承人,瓦尔立一死,所有家产就都落到她手中,她不就轻而易举地成了大富婆吗?

主意打定,凯瑟琳便展开了进攻,她精心将自己打扮得格外性感迷人,寻找一切机会接近瓦尔立。

你别说,她这一手还真奏效,由于她年轻貌美,老头儿经不住诱惑,果然上了钩,不久,这对"老男少女"便结婚了。

　　当天晚上,凯瑟琳就缠着瓦尔立软磨硬缠,逼他立下一份遗嘱:瓦尔立先生百年之后,所有财产由凯瑟琳一人继承……

　　现在是万事俱备,只缺东风了。可是十年过去了,瓦尔立不但没死,反而越活越精神,身体棒得像头牛。凯瑟琳为此焦急万分,可她别无他法,只能苦等。

　　又等了十年,瓦尔立依然容光焕发,精神抖擞,压根儿就没有命归西天的迹象。凯瑟琳因此日夜担心:等到老头儿死,说不定自己差不多也见上帝了,这可如何是好?

　　凯瑟琳哪肯白白浪费二十年青春?为了弄清老头儿到底是用什么神奇的办法延年益寿的,她偷偷找到一名私家侦探,委托他探明这一奥秘。

　　这个侦探倒也卖力,很快就向她回话:有家私人保健医院,只为瓦尔立一个人服务。每隔一段时间,瓦尔立都以外出谈生意为名,悄悄去那个医院呆些天。至于那家医院用了什么回天之术,就不得而知了。

　　侦探没有解决问题,凯瑟琳并不泄气,决定亲自来揭开这个谜底。她想出了一个办法:偷偷将一只纽扣式的窃听器钉在瓦尔立的西装上,果然窃听到了一切秘密。

　　原来那家医院购买了大量因意外死亡的年轻人的遗体,从中摘取健康的器官保存起来,专门用于替换瓦尔立已经衰老的器官。如此一来,老头儿一时半刻哪能死去?

　　凯瑟琳当然不肯就此罢休,她又找到那个侦探,高价收买他去杀掉瓦尔立。侦探见钱眼开,一口答应。

　　于是,凯瑟琳就告别丈夫出国了,以便日后让人知道,她不在现场。

　　没过多久,身在国外的凯瑟琳收到了从国内寄来的录像带,从带子上看,瓦尔立躺在血泊之中,脑袋已经开了花。

凯瑟琳高高兴兴地回来准备继承遗产,可是当她走进家门时,发现迎接她的竟是瓦尔立!

凯瑟琳被眼前的情景弄得晕头转向,一头雾水,她惊得失魂落魄:"你是谁?怎么跑到我家来了?"

瓦尔立也吃了一惊:"亲爱的,你怎么啦?我是瓦尔立,是你丈夫呀!"

"不,我丈夫已经死了,你这个瓦尔立是假冒的!"凯瑟琳说着,立即打电话叫来了警察,并把那盒录像带也交了出去。

警察看了录像带,也觉得奇怪,怎么会有两个瓦尔立,究竟哪个是真,哪个是假呢?

瓦尔立笑笑说:"我告诉你们,两个都是真的……"他说出了事情的真相。

前不久,瓦尔立一直雇佣的那家私人保健医院,医生发现瓦尔立的脑部有逐渐衰老的迹象,后来通过各种渠道物色到一个长相很像瓦尔立的男人的尸体,用高价买来了那个人的脑袋。医院一方面按照瓦尔立的长相给那个脑袋整容,同时又将瓦尔立的全部记忆信息复制到那个脑袋里。那天,瓦尔立正准备去医院做换脑袋的手术,谁知刚走出家门就遭到枪杀,子弹射中脑袋,被送进那家私人医院抢救。医院便按照原计划给他做了换头手术,所以他很快又活过来了,而且一切都比原来的好。

听完瓦尔立的这番话,凯瑟琳惊得目瞪口呆,警察也觉得不可思议。

瓦尔立看着凯瑟琳,又说:"谋杀我的凶手是谁,我不得而知,但我觉得奇怪的是,这段时间我妻子在国外,刚刚到家,她那盒录像又是哪里来的呢?"

他这一问,问得凯瑟琳傻了眼:完了,刚才只想证明老头儿已死,却没想到暴露了自己的谋杀行迹,唉,真浑啊!

事情很快查清,凯瑟琳和那个侦探双双落入法网,被判处死刑。

　　获得利益的还是瓦尔立,因为他和凯瑟琳结婚时,就在保险公司投保了"爱情婚姻险",按照合同规定,他现在可以获得一千万的赔偿。

　　凯瑟琳行刑前,瓦尔立特地去看望她,十分得意地对她说:"你毕竟年轻,还嫩呐! 这不,最后的赢家还是我。再见了,亲爱的,现在我得去物色下一任妻子啦。"

　　瓦尔立走了,凯瑟琳哭了,哭得很伤心……

（徐　彦）

（题图:箭　中）

打不碎的鸡蛋

　　在一个小农庄里,有一只母鸡,生下的鸡蛋壳很容易碎。为什么呢? 其他母鸡都吃小石子和碎石灰,而这只母鸡却从来不吃这些,它只吃小麦、高粱和玉米粒,或者吃小虫子,所以它生的鸡蛋壳很容易碎。

　　一天,一位商人来小农庄收购鸡蛋,他对女主人抱怨说,有一只母鸡生的蛋太容易碎了,每次运输途中都惹麻烦。

　　他的话刚好被这只母鸡听到,母鸡十分担心,它知道一旦女主人发现了那些蛋壳容易碎的蛋都是它生的话,一定会把它宰了。

　　母鸡于是就下决心,要让自己下的蛋壳坚硬起来。

　　小农庄附近有一家专卖大理石的铺子,这天母鸡偷偷跑到那里,去尝了点大理石粉末,这种石粉既不好吃也不难吃,跟小石子和碎石灰一样难消化。第二天,母鸡生下的鸡蛋壳有了大理石的颜色,外表十分好看,但还是很容易碎。

怎么办呢?母鸡又悄悄跑到附近的石匠铺,看到里面有一桶罐子打开着,上面写着"硬化剂",那是石匠用来粘大理石的粘胶。母鸡高兴坏了,跳上罐沿,朝里面那白色的糊状啄了又啄,回来后一觉睡到大天亮,醒来后就生了个蛋。

这次,它不像往常那样马上"咯咯"叫着通知女主人来取蛋,而是拿了鸡蛋跑到一片树丛后面,它想看一看自己的蛋壳变硬了没有。

它先用嘴小心翼翼地啄了一下,蛋壳没碎;它又拿一块小石子敲,蛋壳还是没碎。这下好啦,自己生的蛋真的变硬了,于是它放心地把鸡蛋放回鸡舍去。

母鸡生下的这只硬壳蛋被那个商人收购走了,在运输途中果然没有碎。

这只鸡蛋来到市场上,被一个女人买了回去。

女人回到家,准备用这只鸡蛋做菜,像通常一样,她拿起蛋在碗边一敲,鸡蛋没有碎,碗却被打碎了。

"咦,真怪!"女人自言自语,她拿起鸡蛋,在大理石的桌角上一敲,"啪"鸡蛋还是没碎,可大理石桌角却被敲掉了一块。

女人吃惊地看着这只鸡蛋,又拿来了锤子,试着用锤子敲,可这只鸡蛋还是敲不碎。

最后,女人只好把那只鸡蛋悄悄放在一边,因为她不好意思对丈夫和儿子说她连一只鸡蛋也敲不碎。

这时,女人的儿子正好来到厨房,看到这只鸡蛋,就随手把它和几只烂西红柿放进包里。

原来,有个部长要来参观他们学校,那部长平时作恶多端,却总想表现出一副亲和形象,大学生们决定要用西红柿和臭鸡蛋来"欢迎"他。

果然,当那位部长一出现在学校门口,大学生们就用烂西红柿和臭鸡蛋朝他劈头盖脑地扔过去。

女人的儿子也扔出了自己手里的"武器",只听见"啊"的一声惨叫,那部长顿时像是被石头击中似的,应声倒地。

随从们赶紧把部长抬出去,用冰水袋敷在他的额头上。

部长的前额正中长出一个大鼓包,尽管用冰水敷,可那个肿包还是越来越大,活像一只犀牛的角,不管怎么冷敷和治疗,都消不下去。

（作者:马莱巴;推荐者:常　坤）

（**题图**:箭　中）

预约死亡

费拉特尔失业好久了，他穷困潦倒，已经到了走投无路的地步。虽然他的哥哥是"小母牛乳品公司"的大老板，但这个哥哥很势利，已经有十五年不和他来往了。

这天黄昏时分，天上下着细雨，街上的路灯显得一片迷蒙，费拉特尔失魂落魄地在雨中走着，心里十分苦涩，因为他的钱包里只剩下三个法郎了。

雨越下越大，此时他正好走到电影厂门口，于是便躲在他们的广告栏下避雨。

巧的是，一抬头，他正好看到广告栏里贴着电影《死亡边缘》的大海报。费拉特尔曾在这部电影里充当过跑龙套的角色，得来的报酬够他维持好几天肚子，所以想想现在，连这样的机会也没有,他心里酸酸的。

费拉特尔感到疲惫不堪,只想赶快回家。可是一想到妻子和四个未成年的孩子,拿什么来维持这一大家子的生活呢?他犹豫再三,终于鼓起勇气决定去找老同学皮尔借点钱。皮尔是一家殡仪馆的老板,据说生意做得很好。

此时,皮尔正挺着大肚子站在殡仪馆门口,欣赏街上的雨景。费拉特尔虽然和皮尔是中学同学,但平时他们两个人并没有什么往来,因为皮尔太傲慢了,根本不把费拉特尔这些穷同学放在眼里。可出乎意料的是,今天他见了费拉特尔,竟然十分热情地邀请他进去坐一坐,费拉特尔于是便跟着皮尔走进殡仪馆。

殡仪馆里摆满了棺材,阴森森的,令人毛骨悚然。

费拉特尔颤颤抖抖地落座后,正犹豫着怎么向皮尔开口,皮尔却向他大谈起了自己的生意经来。皮尔自负地指着街对面一家名为"茂伊"的殡仪馆说:"你看,他们这些蠢货,只知道等死人上门。而我呢,嘿,在人们健在的时候,我就把生意预约好了。嘻嘻,这需要手腕,需要天才,需要创造和想象……"

皮尔得意地说着说着,突然把话题一转,狡黠地看着费拉特尔,"老同学,我非常欢迎你做我的顾客,我愿意资助你五百法郎,作为你的死亡预约费。怎么样?"

"什么……死亡……预约费?"费拉特尔不知所措地张大了嘴巴。

皮儿朝他"嘿嘿"一笑,说:"这其实很简单,你只要写一份遗嘱,要你哥哥以后为你在我的殡仪馆里安排一个第一等的葬礼,就行了。"他一边说着,一边从口袋里掏出五百法郎,放在费拉特尔面前的桌子上,"你想过没有,这能买多少东西?至少它能使你全家不再挨饿受冻!"

看着面前桌子上的这五百法郎,费拉特尔的内心在痛苦地煎熬着:什么"预约死亡"?皮尔不就是想要自己承诺用生命为代价,来满足他的生意需求? 可是不这样做,自己又到哪里去弄钱呢?

一想到今后的生活,为了妻子和孩子,费拉特尔决定接受这笔钱。于是,他拿起笔,按照皮尔的口述,写下了自己的遗嘱。

费拉特尔精疲力竭地回到家里,已经是晚上八点多钟了。

五百法郎给全家带来了一片欢笑,妻子很快上街去买回了面包、火腿和酒。费拉特尔凄楚地望着不明真相、欢天喜地的妻子,看着四个孩子狼吞虎咽地吃着,他自己却实在无法下咽。

从第二天开始,费拉特尔每天出门,如果从皮尔殡仪馆门前走过,他总是低着头悄悄溜过去,可是皮尔那令人惊恐的话语却从未放过他:"喂,老同学,你今天身体怎么样?"他懂得皮尔这话的意思,拿了人家的钱,人家天天在等他死呢!

这样一天又一天的精神折磨,让费拉特尔觉得简直是生不如死。既然拿不出钱来赎回自己的生命,他不得不郑重地考虑死的问题。

圣诞节的前一天晚上,费拉特尔收到一张明信片,上面只有一句话:皮尔先生对费拉特尔先生怀着美好的期待!

这"美好的期待"让费拉特尔顿感心惊肉跳,他心里清楚:皮儿显然是等得不耐烦了,想在最短的时间里要他的性命。

费拉特尔只觉得天旋地转,他一夜不曾合眼,蒙眬中似乎看见皮尔拿着自己写的那份遗嘱直逼到床前。他吓得大喊大叫起来:"皮尔先生,我一定尽快履行我的诺言!"

被惊醒的妻子使劲把他摇醒,打断了他的梦呓。他只觉得眼前漆黑一片,自己必须去死!

第二天,费拉特尔到药店里去买了一盒安眠药。他准备去告诉皮尔:"欠你的债,我今天就可以了了!"

费拉特尔拖着沉重的脚步来到皮尔的殡仪馆门前,只见馆门紧闭,连铁栅栏也放了下来,门口贴着一张黑框告示:因丧事停业。

费拉特尔觉得奇怪，他忐忑不安地问看门的女人，能否让他见见皮尔老板。

那女人上上下下打量了费拉特尔一眼，说："老板昨晚心脏病突发，死了。现在里面正在为他举行葬礼呢！"

"什么？死了？"费拉特尔惊异之余，如释重负地长出了一口气：靠死人为生的人死了，做死亡预约交易的老板死了，自己不就成了自由人了？

费拉特尔在殡仪馆门前伫立了很久很久，然后，就见他抓了抓头皮，慢慢穿过马路，推开了街对面茂伊殡仪馆的大门。

"先生，"费拉特尔自我介绍说，"我是小母牛乳品公司老板费拉特尔先生的弟弟，我想和你们谈一笔生意……"

茂伊殡仪馆老板惊讶地看着他，分外热情地给他让座……

半个小时之后，费拉特尔在这里写下了他的第二份遗嘱。

（余　弋）

（题图：箭　中）

隐身人

　　日本东京有个男人，叫内田。他年纪不大，且身强力壮，可惜生性好吃懒做，还贪得无厌，做坏事连眼都不眨一下，因此名声不小，附近的人几乎都认识他，而且还怕他。

　　一天晚上，内田闲得发慌，便来到一家"魔鬼舞厅"。他约了一个漂亮女郎跳舞，可一会儿他的手就开始上移下摸的，不正经起来。

　　谁知那漂亮女郎不但一点儿不生气，一曲跳罢，反而还邀他一道坐下来喝咖啡，内田不由得一阵狂喜，口齿也变得利落起来。可那女郎聊兴并不佳，不大工夫，就起身说有事要先走一步。临别前，她从小坤包里取出一只精巧的小瓶子来，对内田说："内田先生，久仰大名，今天很高兴与你结识。我没有什么好送你的,这是一个高科技产品,你只要喝上一滴,就能变成隐身人,保证在一天当中,没有人能看得见你,也没有人听得见你的说话声,这样你就可以为所欲为了。如果你喝上一大口,那就会终生变成隐身人。好,再见,祝你有好运。"说完飘然而去,内田连人家的住址、电话都没来得及问。

回到家里,内田关上门,望着小瓶子呆了好一阵,心想:这难道真是隐身药? 想到后来,他把牙一咬,下定决心说:"管它是真是假,宁在花下死,做鬼也风流,我试试看!"于是举起瓶子,往嘴里倒了一滴,用舌头一舔,跟纯净水一样,没一点异味。但奇怪的是,他走到哪里,谁都看不见他,他说话也没人理。内田欣喜若狂,便兴冲冲地来到珠宝店,在柜台边一站,问道:"小姐,这种宝石戒指怎么卖?"可是两个售货小姐却连眼皮子也不抬,只顾自己聊天。这一来内田胆壮了,大模大样地进了柜台,尽挑好东西拿,直到把衣袋装得鼓鼓的,才大摇大摆地出了门。他又到饭馆里美美地饱餐了一顿后,猛然想起今天还没到公司去过呢,说不定那该死的科长又要骂人了。

在公司里,那个科长对内田就像对一只死狗,一不顺心就开骂。过去内田怕他,不敢回嘴,现在可不一样了,如果科长客气点,那就再帮他干几天,要不然就给他点颜色看看。

他一晃三摇地来到公司,刚进门,就听到科长在发火:"内田怎么又不来,这家伙越来越不像话,干脆炒鱿鱼,让他滚蛋算了!"内田听了笑笑,随手掏出把水果刀,走到科长面前,说:"谢谢你炒我的鱿鱼,不过我也得给你点味道尝尝。"说着,就在科长的嘴边割了一刀。

科长脸上顿时鲜血直淋,人们闻讯赶来抢救,有的包扎,有的打电话,唯有内田乐滋滋地站在那里看热闹,看了一会儿就走了。他到门口一看,科长的轿车停在那里,于是一不做二不休,举刀给轮胎戳了个窟窿,把车胎里的气放光,才扬长而去。

内田回到家,心里有一种说不出的快感。他拿出那瓶药水,心想:这真是好东西,干脆喝光它,做个终生隐身人多好。主意打定,便将剩下的大半瓶药水"咕嘟咕嘟"全都吞进了肚子里,然后舒舒坦坦地躺下了。

他一觉睡到大天亮,起床后到门口的点心店里吃了顿早餐。他不打算再去公司上班,但想去看看那个科长怎么样了,于是又一摇三晃地朝前走去。突然,他发现从前面开来一辆豪华的轿车,内田一眼就认出那是明星奈子小姐的专车。

对奈子小姐,内田是向往已久,只是因为自己太穷,不敢高攀。现在不同了,成了隐身人,想什么就有什么,为什么不试试看呢? 他站在马路当中,挥手大叫:"停下,快停下……"可是汽车司机什么都没看见,也听不见他的声音,径直朝内田开来,把他撞出去好几米远,摔在地上直哼哼。司机感觉自己的车撞到了什么东西,急忙刹车跳下一看,啥也没有,这才放心地开走。

内田倒在地上痛苦地呻吟着,他知道自己伤得不轻,便使出浑身的力气叫道:"谁救救我,送我去医院,我给钱,要多少给多少,我有的是钱……"可是因为他是隐身人,谁也看不见他,也听不见他叫,因此他很快死去了。

不久以后,这条街上散发出一种叫人难受的臭味,害得行人捂鼻子走路,附近的住户家家关门闭窗。可人们谁也闹不清这是什么臭味,又是从哪里发出来的。

(蒋　铭　编译)

(题图:魏忠善)

心 魔 游 戏

一种坏行为只能为其他坏行为开路，而坏思想却会拖着人顺那条路一直往下滑。

阿拉巴州的魔鬼

在人们的想象中，魔鬼都是红头发、绿眼睛的可怕怪物，但是美国阿拉巴马州传说中的魔鬼却不一样，他和普通人的长相看上去没有什么不同，而且还爱到处旅行。

不过这个魔鬼最喜欢做的事情，却是一路旅行一路拆散人家恩爱夫妻和情侣，他走到哪里，就会让那里的丈夫和妻子反目成仇，让热恋中的男女分道扬镳，达到目的后，便哈哈大笑着再去另一家行事。

有一天，这个魔鬼遇见了住在山谷里的一对新婚夫妇，他们是如此地深爱着对方，魔鬼使尽了浑身解数，却无法让他们分开。最后没办法，魔鬼只好垂头丧气地放弃，沿着大路继续旅行，这可是他第一次出师不利。

走在路上，他遇见一个赤脚女人，赤脚女人打量了他一会儿，疑惑地问："魔鬼先生，发生什么事了？是病了还是怎么了？"

"都不是，"魔鬼说，"我刚才想拆散山谷里的那对新婚夫妇，但是他们相爱太深，我无法让他们分开。"

"真的？"赤脚女人说，"听着，我可以帮你做成这件事。但是我一直想要一双鞋子，如果你能送我一双漂亮的鞋子，我就帮你的忙。"

魔鬼点点头，答应说："如果你真能帮我达到目的，我就去镇上买一双最昂贵的鞋子送给你。"

赤脚女人笑了："没问题，明天晚上你带着给我的鞋子等在十字路口就行了。"

第二天一早，赤脚女人烘了一张好吃得让人流口水的苹果饼，带上它匆匆往山谷里那对新婚夫妇家赶去。到了那里一看，丈夫正在田里摘棉花，他的衣衫都已经被汗水浸湿了。赤脚女人走上前去，笑吟吟地问："我是否可以去你家拜访你的妻子？我刚搬到山谷里来住，想和邻居们认识认识。"丈夫一口应允，微笑着指了指自己家的方向。

赤脚女人来到他们家门前，新婚妻子邀请她进屋，赤脚女人送上苹果饼作为礼物，然后在凳子坐了下来。

两个女人聊开了，赤脚女人不住口地夸赞他们屋里的东西，说都是她"从来没有见到过的最漂亮的"：杯盘、家具，甚至还有屋外面的那只大公鸡。新婚妻子越听越高兴，就请赤脚女人尝自己刚采摘下来的黑莓。

赤脚女人继续夸赞道："真不错，这屋子里的一切都太好了！不过，你知道这屋里最漂亮的是什么吗？那就是你自己啊！"

新婚妻子不好意思地笑了，脸红红的，说："不，我哪里算漂亮，我丈夫比我精神多了！"

"是啊，他是长得不错。"赤脚女人说，"但是，如果他能将脖子上那颗难看的黑痣去掉,那就完美无缺了。"

新婚妻子一听,不由叹了口气,说:"是啊,我知道,他对这件事也是羞于启齿,但是我现在已经看习惯了。"

赤脚女人说:"你不必强迫你自己去习惯它,为什么不想办法把它割掉呢?"

新婚妻子大吃一惊:"我不能那么做,他会流血死掉的!"

"不会,他不会死的!"赤脚女人说,"我告诉你怎么做。今天晚上,你拿把剃刀上床,等你丈夫睡熟后,你就用剃刀将那颗黑痣割下来,动作要快,然后在伤口上敷些蜘蛛网止血,他根本就不会有什么感觉,也不会知道你对他做了什么,他会一觉睡到天亮。我敢肯定,他一定会感激你为他做的一切。"

赤脚女人再三劝说,妻子最后同意试试。

赤脚女人于是告辞出门,又去找新婚丈夫。新婚丈夫正在地里忙着,赤脚女人夸他说:"小伙子,你真够辛苦的啊!"

新婚丈夫抬头看了看赤脚女人,说:"我不在乎辛苦!我越辛苦干活,我美丽的妻子就越会生活得幸福,对我来说,她就是我的一切。"

赤脚女人"咯咯"笑开了:"是啊,我想是这样的。可遗憾的是,我听说她心中似乎已经另有所属了。"

新婚丈夫一听,立即停下了手中的活,死死地盯着赤脚女人看,责问道:"你说这话是什么意思?"

赤脚女人神色诡秘地说:"是这样的,我听说这几天晚上她都在镇上和别的男人约会,你要小心些,要提防她对你不忠。"

新婚丈夫愤怒地握紧拳头,朝赤脚女人吼起来:"滚开,你这个丑巫婆!我不准任何人这样说我的妻子!"

赤脚女人耸耸肩,转身走了,一边走还一边唠叨:"那你就走着瞧吧,看看她到底对你怎么样!"

晚上,赤脚女人蹑手蹑脚地走近这对新婚夫妇的屋子,她从窗户里看见他们正在铺床准备睡觉。新婚丈夫虽然很爱妻子，但他脑海里却怎么也忘不了赤脚女人对他说过的那些话，整个晚上他没有和妻子说一句话，妻子上床躺到他身旁，他也没搭理，假装睡着了。

半夜里，新婚妻子看见丈夫熟睡着，于是就从床铺下面拿出剃刀，将它搁在丈夫的脖子上，准备把那个黑痣割掉。就在这时，新婚丈夫突然睁开了眼睛，用钳子一般的手抓住了妻子的手腕，声嘶力竭地叫道："我早就知道你要干什么了！那个赤脚女人说你要杀我，然后好去和野男人成双成对，是吧？"

新婚妻子声泪俱下地争辩着："不是这样的！不是这样的！"

可新婚丈夫还是一个劲地嚷着："我什么都不想听！你给我滚出去！听见没有？滚出去，永远也不要再回来！"

新婚妻子哭泣着，只好收拾起自己的东西走了，她的心碎了，这对新婚夫妇从此天各一方，怕是永远不会再相见了。

也就在这天晚上，赤脚女人如约来到十字路口，和魔鬼见面。她走到那里时，魔鬼已经等着了，手里捧着一双崭新的漂亮的鞋子。

魔鬼说："给你，拿上你的鞋。"

赤脚女人笑了起来："魔鬼先生，你知道我是谁吗？"话音刚落，她的身形像烟气一样渐渐消散掉了，皎洁的月光下，站在魔鬼面前的竟然是魔鬼自己的太太！

魔鬼叫了起来："你在搞什么鬼把戏？"

魔鬼太太说："这么多年来，我一直想让你给我买一双新鞋，可你就是那么小气，一直也不给我买。"

（方陵生　编译）

（题图：佐　夫）

招聘小偷

　　麦克今年三十五岁,却在监狱里度过了整整八年。想起这事,他就恨父亲老麦克。

　　老麦克很有钱,但是个守财奴,对自己唯一的儿子更加吝啬。麦克忍受不了那种艰苦的生活,便去做了小偷,几年下来竟成了远近闻名的"神偷"。

　　一次,老麦克在儿子的抽屉里发现了几条钻石项链,便毫不犹豫地报告了警察局,于是麦克就成了罪犯,锒铛入狱了。好不容易熬到刑满释放,回家一看,老麦克死了,他那数亿美元的财产却已不翼而飞。麦克呆了,心想:自己一无所有,今后的日子怎么过呢?

　　就在他一筹莫展的时候,却意外地从晚报上发现一则招聘启事,上面是这样写的:

　　本人欲招聘小偷一名。要求：男性，三十五岁左右，偷盗技术高超，曾因偷盗罪被判刑入狱。有意应聘者请与约翰逊先生联系……

　　麦克看了这则启事，不觉眼睛一亮，心里想：四条要求，自己条条符合。他也知道约翰逊是全城有名的大富翁，可他为啥要招聘小偷呢？

　　麦克再三考虑之后，觉得机会难得，决定去见见约翰逊。

　　经过一番必要手续和例行规矩之后，约翰逊亲自接见麦克。他朝麦克上上下下打量了一阵，说道："你知道我为什么招聘小偷？"

　　麦克想了想，说："依我看，您大概是为推销安全报警器材做广告，也许是为了拍电影，或者是为了从保险公司弄到一大笔财产保险赔偿款，再不就是……"

　　约翰逊打断麦克的话，说："不不，你想到哪里去啦？其实非常简单，我已年过花甲，这辈子还没被人偷过，很想尝尝被偷的滋味。"

　　麦克微微一惊，又摇摇头："先生，那滋味可不好受。"

　　"这你不用管，问题是我要了解你的技术水平究竟如何。要知道，在你之前已经来过八十多人，都因为偷盗技术太一般，没被我聘用。"

　　麦克听了哈哈大笑："先生，在技术方面您尽管放心，您如果不信，不妨摸摸口袋。"

　　约翰逊一摸口袋，发现钱包没了，于是高兴地说："好，我要你了！"接着便由律师起草了一份合同，合同上说，如果麦克能在两个月内偷走约翰逊的一颗价值一千万美元的祖母绿宝石，那颗宝石就归麦克所有。同时还规定，约翰逊不得向警方报案。

一句话,这是一次有趣的游戏。

当然,麦克也知道,要偷到那颗宝石不是一件容易的事,因为宝石藏在约翰逊家地下室的保险柜里,那儿装有世界上最先进的防盗报警器,还有荷枪实弹的保镖日夜守卫着,别说偷到宝石,就是进入地下室也难。但那颗宝石的价值确实诱人,再说,就是失败了也不承担任何责任,这样的买卖,何乐而不为? 于是麦克立刻在合同上签了字。

签下合同后,约翰逊加强了防范,麦克则开始了盗宝的准备。

日子一天天过去,一个多月之后没有丝毫动静,派去监视麦克的人回来报告说:"麦克整天东游西荡,好像压根儿就没这回事。"这倒使约翰逊有些着急了,心想:该死的家伙,到底搞什么鬼? 难道他觉得这事太难,不想玩了? 于是便急不可待地给麦克打电话:"你小子怎么啦? 为啥按兵不动? 是不是……"

麦克回答说:"哎呀呀,我都不急,您急啥?""我急于想品尝被偷的滋味呀!""您放心,我不会放弃这么个好机会的,两个月期限还没到呢,对不对?"

时间过得真快,转眼到了两个月期限的最后一天。这天,约翰逊从早到晚一直守在电话机旁静候消息。他等呀等,一直等到深夜十一点半,电话铃响了,拎起听筒,果然是麦克的声音:"约翰逊先生,非常抱歉,您那颗名贵的宝石,已经在我手里了。啊,真不错,确实是件很值钱的东西,但不知您现在的心情如何?"

约翰逊忙说:"很好,很好,谢谢你,终于让我尝到被偷的滋味了。"麦克还说:"我非常感激您,约翰逊先生,有了您这颗宝石,我再也不用为生计奔波,可以舒舒服服地享受后半生了。告诉您,我马上就要乘国际航班出国了,您如后悔,可以马上报警,但要快,不然,怕是赶不上了。"

约翰逊却说:"麦克先生,你想哪里去了,我们有君子协定,而且订过合同,你放心,我不但不会报警,而且衷心希望你成为我的朋友,常来玩玩。好,麦克先生,祝你愉快,祝你万事如意!"

一场游戏就这样过去了,似乎双方都玩得很开心。

一年后,麦克回来了,他自然忘不了约翰逊,特地登门拜访。老友重逢,双方都显得格外高兴。一阵寒暄之后,麦克说:"约翰逊先生,上次那件事,尽管是一场有趣的游戏,但毕竟让您损失了一千万,对此,我深感抱歉。"

谁知约翰逊听罢哈哈大笑,笑完后说:"麦克先生,要说抱歉的应该是我,因为在这场游戏中,我一点没有损失,而输得最惨的恰恰是你,这点你没想到吧?"

麦克愣愣地望着约翰逊,半天回不过神来,最后摇摇头:"我不懂您的意思。"

约翰逊不慌不忙地倒了两杯酒,和麦克一人一杯,一饮而尽,然后笑着说:"你还记得你父亲老麦克先生吗?在他临死时,财产已经超过十亿美元。照理说,你是他的独生儿子,也是他财产的唯一合法继承人,但当时你还在狱中,所以他将财产托我保管,并留下遗嘱:如你出狱后仍未改掉偷盗恶习的话,这些财产也就全部归我所有!你现在明白了吧,这就是我要招聘小偷的原因。麦克先生,我为你不能继承你父亲的遗产而深感遗憾。"

麦克听到这里,只觉得脑袋"嗡嗡"直响。他心里在想:一千万和十亿相比,只不过是百分之一,要真是这样的话,自己在这场赌博中真他妈的输惨了!

正说着,约翰逊取出了老麦克遗嘱的复印件:"这可是你父亲亲笔所写,你仔细看看。"

麦克接过遗嘱一看,白纸黑字,果然如此,他一下瘫倒在沙发上,动弹不得……

(徐　彦)

(题图:箭　中)

心想事成

　　阿里明达退伍以后，过起了花天酒地的生活，不久就把退伍金花了个精光，变得穷困潦倒。但是他不愿找一份正当的职业，而是终日在街上闲荡。

　　这天，一个乞丐偷偷塞给他一支奇怪的黑蜡烛。乞丐告诉他，这支蜡烛是从一个巫师那里得到的，据说点燃以后就能见到魔鬼，并且向魔鬼提出的任何要求都能得到满足。乞丐说："我这个人生来最怕见到魔鬼，所以一直没有敢找他。你要是靠这支蜡烛改变了命运，以后只要多施舍我一点就行了。"

　　阿里明达听了喜不自禁，一想到自己的命运马上就能得到改变，他心里像喝了甜酒一样美滋滋的。

　　天还没黑，阿里明达就一路小跑地回到家，迫不及待地点燃了蜡烛。等呀等呀，蜡烛烧到三分之一的时候，忽然冒出一股烟雾——魔鬼出现了，它长得并不像阿里明达想象中的那么吓人，倒像是一个哲学家，风度翩翩的。

阿里明达后退两步，小心翼翼地问："你是不是……能满足我的任何要求？"

"差不多，"魔鬼说，"只要不是做宇宙主宰或者长生不老之类的要求，其他都能满足。不过在提要求前，你必须签一个合同，保证不会反悔。另外，你还要把你的灵魂留下。"说着，它递给阿里明达一张散发着硫磺味的牛皮纸，那纸一放到桌上，就自动展开，阿里明达惊讶得倒吸了一口冷气。

魔鬼继续说："不过，我是一个善良的魔鬼，我总是劝人们不要和我签这个合同。不管人们自以为多么聪明，考虑得多么周到，还是不可能战胜魔鬼的。曾经有一个国王，希望把他触摸到的一切都变成金子，结果食物和衣服也变成金子，他被活活饿死了。还有一个流浪汉，要求吃一年饱饭，不用干活，结果……"

阿里明达插话道："结果变成了畜生？"

魔鬼点点头说："没错，你很聪明。你要改变主意吗？现在还来得及。"

"不，我只是要在许愿前思考一下。"

"完全可以。"

阿里明达的大脑这时就像飞转的马达，快速地思考起来。

要什么呢？他先想到要成为世界头号剑客，但话到嘴边又停住了，因为他想到那些在战场上被乱箭射死的人，他们曾经都是很好的剑客。

他又想从魔鬼那里获得财富，但一想到不久前亲眼看见一个富翁在街上被两个喝醉的歹徒用石块敲破了脑袋，就又打消了这个念头。

这也不好，那也不好，阿里明达急得直抓头皮。

最后,阿里明达决定要拥有权力,无论什么时候,权力总是最有用的东西嘛。他还没开口,魔鬼就说话了:"没问题,我可以让你拥有权力。"

阿里明达想了想,又说:"可是,如果别人都看不到我,权力又有什么用呢? 我想把最显赫、最富有的人都聚集在周围,让我来主宰他们的命运。"

魔鬼点点头:"这不难办到。你还有什么别的要求吗?"

"哦……"阿里明达眨眨眼睛,想故意给魔鬼出个难题,就说,"如果可能的话,我想一个人拥有三副面孔,说变就变,别人都要看我的脸色行事。"

"你想戏弄神仙吗?"魔鬼微笑着说,"签字吧,我可以满足你的要求。"

阿里明达信心十足地在那张牛皮纸上摁下了手印。

刹那间,房间里腾起一阵烟雾,阿里明达觉得自己的身子一下子变轻了,飞了起来……不一会儿,他发现自己来到一个巨大的金碧辉煌的游乐场里,他在空中翻滚着,向下落去,落下来,又滚了一下,便不动了。

他朝上一望,看见周围果然聚集了许多显赫和富有的人,所有的眼睛都紧盯着他,急切地等待着他来决定命运。

魔鬼满足了阿里明达的要求,这是一个赌场,阿里明达变成了三粒赌博用的骰子,躺在金色的托盘里……

(编译者:刘圣任;讲述者:吴文昶)

(题图:箭　中)

性格演员

　　律师艾肯和女明星芳妮是天设的一对、地就的一双,他们俩结婚十五年,感情一直很好。然而,十五年"水晶婚"一过,艾肯却非要芳妮退出艺坛不可。为什么? 理由很简单,艾肯说,一看到自己的老婆跟别的男人搂搂抱抱,他就怒火中烧。十多年过去了,现在他觉得一天也忍不下去了。

　　对芳妮来说,这是件很不容易的事情,在场面上风光惯了,不说寂寞难耐,就是那一口气也咽不下啊。

　　几天过后,艾肯看芳妮心里还赌着气,就认真地劝道:"亲爱的老婆,我看你天生就是个本色演员,永远也混不出个名堂。你瞧你演的那些个人物,哪个不像你自己? 你太本色了。一个好的、真正的演员是没有自己的,他演什么就是什么,唯其如此,人物才能鲜活。芳妮,听我的,没错。"

　　丈夫这么一说,芳妮虽然没有被彻底说服,但终于没有声音了。怎么办?为了爱情,芳妮决定激流勇退。好在家务事对她来说,拿得起、放得下,回到家中,芳妮把一家子安排得妥妥当当、有条不紊。可能是安居乐业吧,艾肯的事业终于如日中天,他接连打赢了好几场官司,一时间成了远近闻名的大律师。

　　然而,事情发展却叫人看不懂!十多年来,芳妮演戏时同人家搂搂抱抱,生活中却从没有出现过一星点绯闻,可一贯中规中矩的艾肯,却不知何时另有了新欢。艾肯的新欢名叫拉格尔,是个有夫之妇,丈夫是一个庄园主,拉格尔每次必须等待丈夫外出,才有机会与艾肯一聚。好在她丈夫每周二必须出城料理杂务,所以,艾肯和拉格尔经常选择周二晚上幽会。

　　艾肯同拉格尔如胶似漆,缠绵不休,在她身上,艾肯找到了芳妮所没有的东西,而拉格尔也在他身上获得了最大的满足。两个人爱得昏天暗地,为方便起见,艾肯还在附近租了一间房子,这样,每周二艾肯就谎称到布宜诺斯艾利斯的所谓分公司去处理那些难缠的老客户,借机与拉格尔幽会。为保险起见,艾肯还在布宜诺斯艾利斯找了个同谋,帮他负责应付万一,即在芳妮万一有什么急事要找艾肯时,佯称他正在出庭办案或者参加什么重要会议之类。

　　然而,芳妮从未往布宜诺斯艾利斯打过电话,她觉得她比谁都了解自己的老公,知道艾肯的秉性和嗜好,每次艾肯出门,都是她亲自整理行李,并替他叫来"的士"。

　　就这样,一晃两年过去了。又到了周二,这天,正好是艾肯与拉格尔相识相爱整两年的日子,为了保证去与拉格尔幽会。早上用餐时,艾肯在餐桌上故意不经意地向芳妮提起他布宜诺斯艾利斯的新老客户,时不时地数落他们一番。但就在这当儿,他的眼睛跳得十分厉害,他觉得今天出门可能会遇到麻烦,因此离开家门之前,他特别仔细地检查了行装,生怕露出破绽。与芳妮道别后,他要了一辆的士去国际机场,驶到半道,他又下车改换另一辆的士匆匆赶回家里。芳妮见他回家,忙问:"出什么事了?"他说自己忘了拿文件,接着又滔滔不绝地数说了一番路上的所见所闻,然后与芳妮吻别。

来到密巢,他放下行李,把一瓶法国香槟放进冰箱,然后摆好杯子。一切准备停当,便安坐在摇椅上,等待拉格尔。

时间过得格外缓慢,艾肯比以往任何时候都想念拉格尔。

终于,拉格尔来了,这一次她比以往任何一个周二都来得晚。一进门,她忙向艾肯道歉,说在精品店里时间呆长了,她给他买了一条真丝领带,领带是灰色的,缀着蓝色图案,是艾肯最喜欢的那种。

可艾肯叫拉格尔先闭上眼睛,然后从口袋里掏出项链,郑重其事地挂到拉格尔颈上。这根项链叫佛罗伦萨项链,艾肯几乎花掉了三个月的积蓄,特意托人从意大利捎回来的。拉格尔睁开眼睛,"哇"地叫了起来,开心极了:"好,亲爱的,我去洗漱间好好欣赏一下。"说罢,拉格尔深深地吻了吻艾肯。

艾肯很自然地将这个吻视作了奖赏,他相信,今晚他们要创造新的快乐和奇迹。

然而,拉格尔在洗漱间的时间超出了正常限度,艾肯开始感到了莫名的不安。他站起身来,走到洗漱间门口,轻轻地敲了敲门:"亲爱的,怎么啦?不舒服吗?"

"没有啊,我好极啦,"拉格尔说,"待会儿就出来。"

艾肯放心了,回到摇椅上重新坐下。

又过了五分钟,拉格尔从洗漱间出来了。艾肯从摇椅上跳将起来,他正要扑上去,可突然张大了嘴巴,半天合不拢。因为他看到,迎面走来的是芳妮,而不是拉格尔!更为神奇的是,芳妮脖子上闪烁着一条昂贵的佛罗伦萨项链,就是刚才艾肯送拉格尔的那条!

艾肯瞠目结舌,吓出一身冷汗,他本能地叫了一声"芳妮",就再也说不出话来。

芳妮微笑着,若无其事。

艾肯大惊失色:"你怎么会在这里?"

"这里?"芳妮故意重复一句,"来看看你,每周二,亲爱的。"

她看艾肯一副木然不解的样子,补充说:"艾肯,我是芳妮,也是拉格尔。在家里我是芳妮,你的老婆;在这里我是拉格尔,你的情人。换句话说,在家里我是本色演员芳妮,在这里我是性格演员芳妮。你瞧,差别就是这些化妆品。"

"拉格尔就是你? 你就是拉格尔?"艾肯嘟哝道。

"是的。"芳妮朝艾肯点点头,"你明白吗? 你和另一个我背叛这一个我,整整两年。现在游戏结束了,今天你必须做出选择,你是要拉格尔呢,还是要芳妮? 还有,经过两年的成功实践,我有足够的证据证明自己的表演才能,因此我正式宣布:我将重返舞台。"

"你的声音,"艾肯喃喃地说,"怎么连声音都变了呢? 还有眼睛,怎么会变颜色?"

"当然不会。我声音何曾变过? 只不过拉格尔是用假声跟你说话的;至于眼睛,你没听说过隐形眼镜吗? 我总听你说碧眼小妞如何、如何的。"

"皮肤呢? 皮肤总不能化妆吧?"

"当然不能,亲爱的。我的皮肤从没改变,改变的是你的感觉……"

此时此刻,艾肯又恼又羞!

（秋　雨　编译）

（题图:箭　中）

死亡点球

　　米歇尔是大学校队的前锋,这天,他们和另一个大学的校队比赛。下半场已经进行到了第四十五分钟,场上的比分是5：0,米歇尔队遥遥领先,而且这五个球都是米歇尔一个人进的,他成了场上的英雄。

　　这时,米歇尔又得到了队友的传球,他迅速摆脱后卫,带球冲入了禁区。对方的守门员无奈地把他扑倒,主裁判的哨子吹响了,点球!

　　米歇尔得意地把球放在罚球点上,往后退了几步,他看了一眼对方的守门员,只见他脸色惨白,眼里充满了绝望,就像一个临刑前的囚犯。球门边的本校球迷们兴高采烈,吹着小喇叭,又蹦又跳,不住地叫着:“再进一个! 6：0!”

突然，米歇尔注意到人群中有一个人没有欢呼，那是一个漂亮的混血女孩，她紧咬嘴唇，手里无力地握着一面来访球队的小队旗。她的脸上有几分不愿相信，有几分企望，但更多的是不满。这些神色全通过女孩的眼光，聚焦到那个守门员的背上。守门员没有回头，但他的脸上满是冷汗。

在米歇尔准备罚球前，守门员还是回头看了那女孩一眼。米歇尔听见他低声对那女孩说："我会扑住这个点球的。"说这话时，他的嘴唇在微微颤抖。

米歇尔的心往下一沉，似乎有一种不祥的预感。他的头脑里渐渐产生出一个奇怪的念头，这念头像毒蛇一样，直钻到他的心里：我不能罚进这个点球。

可是，球门后面那些本校的球迷，一浪高过一浪地喊着："再进一个！再进一个！再进一个！"声音震耳欲聋。

米歇尔不禁犹豫了，他想起比赛前，高年级的队友告诉他，在去年和对方大学进行的传统友谊赛上，自己学校的球队被对手狂灌了五个球，当时就是那个守门员，常常放弃防守，带着球参与进攻，于是名声大噪。米歇尔是那场比赛以后才进入校队的，他凭借自己出色的球技，很快成为校队的主力前锋。平时，队友们对米歇尔说得最多的一句话就是："射穿那个守门员的十指关！"米歇尔也为了这个目标而加倍苦练。

现在机会就在眼前，如果他射进这个点球，不仅可以帮助本队彻底洗刷去年的耻辱，还可以让自己成为全校最耀眼的明星！可是，那个混血女孩忧郁的眼神始终在他眼前晃动．他的脚下像灌了铅一样地沉重起来。

终于，他把目光从足球上移开，一步步走到对方那名紧张透顶的守门员面前。球迷们停止了喧嚣，屏住了呼吸，他们猜不透米歇尔要干什么。

米歇尔低声对守门员说："我把球踢到左上角，真的，相信我。"

然后他走回罚球点,慢慢地助跑,出脚,他没有做假动作,把球往左上角踢去,球速不快,角度也不刁。

可是守门员却朝相反的方向扑去,球从左上角飞入了球门!

突然,米歇尔又看到足球定格在空中,上面出现了那个混血女孩带血的头颅,接着,那个守门员的头颅也重叠在上面,流着血和汗。米歇尔惊恐地尖叫一声:"啊……"他从床上猛坐起来,冷汗把身下的被子浸湿了一大片。

原来刚才是一个噩梦。

两天来,米歇尔一躺下就做这个噩梦,每次都没有一点变化。

事实上,两天前进行的那场比赛,和这个噩梦的情形几乎是一样的,米歇尔发狂般的一连进了五个球,比赛的最后一刻,他创造了一个点球,只是罚球前,他根本没看到那个混血女孩,也没注意那个守门员的表情,更没想到要上前对他说什么,米歇尔只是想着把比分变成6:0,他做了一个假动作,踢出一个角度很刁的点球,球钻进了球门的左上角。守门员判断错了方向,扑到右侧去了。

比赛马上结束了,米歇尔被拥进球场的球迷们包围,高高地抛了起来,他被自己的出色表现所陶醉了。

可是,球赛后的第二天,传来了对方球队守门员的死讯。据说那位守门员的女朋友——一位混血女孩——不愿意再和一个一场比赛被六次射穿大门的守门员谈恋爱,失去理智的守门员割断了那个女孩的喉咙,然后自杀了。

米歇尔一直被那个噩梦困扰着,从此,他再也不踢足球了。

（宋天铎　改编）

（题图:箭　中）

心中的魔鬼

尼克是一位年轻有为的律师,不仅事业如日中天,而且家庭生活十分美满,娇妻爱子,名车豪宅,令旁人羡慕不已。

可遗憾的是,一个星期前,在一件诉讼案中,尼克认识了俏丽迷人的姑娘露丝,尼克着了魔似的迷上了露丝,露丝也发疯似的爱上了高大英俊、学识渊博的尼克,于是两人很快就双双坠入了爱河。

露丝的父母早已去世了,家境也不是很富裕,可是就在他们两人相恋不久,露丝的一个远房叔叔突然去世,由于无儿无女,露丝的叔叔遗嘱中写明把他的财产———一座古堡留给露丝。

古堡就坐落在市郊的一座小山上,虽然不大,但里面的家具古朴典雅,装饰富丽堂皇,露丝非常喜欢,立刻就要搬进去住。

尼克不放心,可露丝坚持认为她会自己照顾自己,尼克不好再说什么,于是就天天去古堡和露丝幽会。

这天傍晚,电闪雷鸣,倾盆大雨,尼克下班之后就急急地驱车驶往古堡。在离古堡不远的山路上,只见一棵大树横倒在路中央,可能是被雷电劈倒的吧,尼克只好将车停在那里,徒步走上山去。早就等着他的露丝穿着一件粉色的带蕾丝花边的中式裙子飞扑上来,尼克立刻将她拥入怀中。

温馨的两人世界,时间过得特别快。夜半时分,尼克意识到自己必须回到妻子那儿,没办法,他只好与露丝恋恋不舍地告别。

可是走出没多远,尼克突然发现匆忙中自己将公文包忘在露丝那儿了,于是折身回去拿。"宝贝,我必须把我的公文包拿走!"尼克边说边推开露丝卧室的房门。

霎时,眼前出现的一幕让他惊呆了:一个男人正用长筒丝袜使劲地勒住露丝的脖子,露丝的脸已经变成了青紫色。那男人看到尼克进来,猛地一把把露丝推倒在地,然后一个箭步跃上窗台,纵身跳出窗外,尼克想去抓,已经晚了。

尼克抱起露丝,露丝已经香消玉殒。这是他多么心爱的女人呀,尼克肝肠寸断,眼泪止不住地流了下来。

猛地,尼克心里一个激灵:现场到处都是我留下的痕迹,到时候警方一勘察,我怎么逃脱得了干系?

尼克不敢再想下去了,虽然心里是那么的痛苦,但是两条腿却不由自主地跑出了古堡,踉踉跄跄地跑过横倒在山路上的大树,飞速地驾车逃往市区。

尼克一边开着车,脑子里一边不断地闪现着刚才看见的那幕情景,那个男人的面容虽然没有看得太清楚,但是尼克总觉得非常面熟:这个男人是在哪儿见过的呢?他和露丝又是什么关系?尼克脑子里乱哄哄的,理不出个头绪。

　　车窗外大雨如注，天地间好像都被水帘笼罩了。尼克正在思前想后的时候，突然前方一个黑影一闪，接着只听车头方向发出了"嘭"的一声沉闷的声响。尼克赶紧刹车，下去一看，心里叫苦不迭：原来是撞倒了一个人。再一试呼吸，那人已经死了。

　　真是祸不单行，刚才只顾胡思乱想了，没注意前方的路面，这可怎么办呢？尼克愣了半天，最后一咬牙，看看周围没人，便把那人拖到路旁边的沟里，然后开车一溜烟跑了。

　　第二天，尼克提心吊胆地来到办公室，他先打开早报看了看，没有关于古堡和昨天事故的报道，可能是警察还没发现吧，这才稍稍松了口气。然而这一整天，尼克都是恍恍惚惚的，下班后，他下定决心再去古堡一趟，看看有什么动静。

　　为了缩小目标，尼克特意叫了一辆出租车前往，在离古堡还有一段路的时候，他就下了车。

　　这时，只见天上突然阴云密布，雷电交加，又像昨天一样下起了瓢泼大雨。尼克虽然觉得有点奇怪，但想到这种恶劣天气正好可以掩人耳目，心里倒也一乐，趁着四下无人，他便悄悄摸上了山。

　　快走近古堡的时候，突然一道闪电划过，好像要把天空劈成两半似的，接着一声巨雷发聋振聩，在天地间引起轰鸣。闪电一下子劈中了尼克身旁的一棵参天大树，大树轰然倒塌，尼克感觉像被人猛击了一下，浑身一阵麻木，接着眼前一黑，就什么也不知道了。

　　也不知过了多长时间，尼克醒了过来，他挣扎着爬起来，感觉浑身疼痛。大雨还在下着，尼克已经浑身湿透了，他抬腕看了看手表，已经是晚上七点二十分了。

　　咦？奇怪！尼克突然发现自己手表上的日历显示日期倒退了一天，要是没记错的话，今天应该是"14号"而不是"13号"啊？而且巧了，自己昨天也正是在这个时候到的古堡。尼克觉得自己完全被一种神秘的气氛笼罩了,而且无形中仿佛有一只手推着他一步一步向古堡走去。

更加奇怪的事情出现了:古堡里竟然灯火辉煌。难道是警察来了?尼克顿时紧张起来,他悄悄地从古堡后门溜了进去,藏在前厅的柱子后面,慢慢地探出头去。

啊!尼克简直不敢相信眼前看到的一切:露丝竟然没有死,她还是穿着昨天那件粉色的带蕾丝花边的中式裙子,显得异常的娇艳美丽。露丝坐在客厅的沙发上,好像在等什么人。

果然,一会儿门铃响了,一个男人走了进来,两人一见面就很亲热地拥抱在一起。看背影,这个人非常像昨天杀死露丝的那个男人。他们俩怎么搞在一块儿了?难道是我眼花了不成?尼克心里又惊又气。

这时,那个男人拥着露丝已经走进了卧室,尼克连忙来到卧室的后窗户悄悄向里偷看。不看还罢,一看,尼克只觉得浑身的血液全都涌到了头上:露丝正和那个男人在床上亲热。

尼克浑身打战,他简直不相信温柔体贴的露丝竟是个水性杨花的女人。更加奇怪的是:露丝怎么没有死?难道昨天她只是被勒昏过去了?这一切的一切,只有等那个男人走了之后去问露丝。

令人窒息的几个小时过去了,那男人终于走了。尼克一看时机到了,急不可耐地从窗户跳了进去。

露丝一见尼克,大吃一惊:"你怎么会在这里?"

"你不要管我,你先说,那个男人是怎么回事?"尼克大声质问露丝。

露丝一听,脸色先是发白,继而又红了,冲口对尼克嚷道:"既然你看到了,我也不瞒你了,我们下个月就要结婚了。其实,我早就对你厌倦了。我们在一起这么久,你根本就只想到你自己,我再也不想看到你了!"

尼克看着这个自己曾经深爱过的女人竟然变得如此冰冷，言语如此刻薄，再想到刚才她和那个男人的丑态，不由怒火中烧，气得浑身直哆嗦。

他一眼看到露丝脱下的长筒丝袜正扔在床上，于是一把抓过来，用它紧紧地勒住了露丝的脖子："你说，你再说呀！"

顷刻之间，露丝的脸成了青紫色，渐渐地停止了呼吸，尼克感到了一阵发泄的快意。

正在这时，突然听到有人说话："宝贝，我必须把我的公文包拿走。"接着，卧室的门被推开了，刚才和露丝亲热的那个男人又走了进来，他看到尼克就一下愣在了那里。尼克惊惶失措地将露丝推倒在地，一个箭步跃上窗台，纵身跳出窗外，逃出了古堡。

尼克狂奔了许久，到最后实在是跑不动了，看看身后没人追来，这才放心地停下来，大口大口地喘着粗气。

四周夜色沉沉，刚才慌不择路，这是跑到哪儿了呢？尼克细细一看，见前方有一座教堂，从里面透出微弱的灯光，他心想：这两天发生的事情太奇怪了，我何不求上帝给我解解疑惑呢？于是他走了进去。

尼克把事情的经过原原本本地告诉了神父。

"啊，我的孩子，"神父说，"让上帝来拯救你吧！"神父给尼克解释说："当你被雷电击中的时候，在你的周围形成了一个非常强大的磁场，在这种强磁场的作用下，时空发生了逆转，你又回到了昨天。其实，昨天和今天的杀人凶手都是你自己。人心里都有一个心魔，都有潜在的罪恶，一旦心魔被释放出来，就会实现那些罪恶。要知道，世上本无魔，魔自本心生，若要除劫难，先须心自定。"

从教堂出来后，尼克茫然无措，他不知道该上哪儿去。夜色笼罩着大地，也紧紧地包围着尼克，尼克望着那无边无际的夜幕，心里空虚极了：我该怎么办呢？难道真是我亲手杀死了露丝？要真是这样，那么我的罪孽太深重了，我应该去警察局自首。可是如果那样，我的事业、声誉、前途和家庭，不全都毁了？

尼克不敢再想下去了，他两腿发软，一下子跌在了地上。不行，我不能去警局。尼克把心一横：我要再去一趟古堡，把露丝的尸体转移掉，把所有不利于我的证据统统销毁掉；就算是被警察发现，我也要在法庭上作无罪申辩。我精通法律，辩术高超，我的那些法官朋友一定会帮我的。对，就这么办！尼克做出了最后的决定。

这时，大雨还在无休止地下着，雨点打在路面上，形成了一片白茫茫的水雾，尼克低着头，急急地走在去古堡的路上。

突然，迎面一辆汽车飞驰而来，刺眼的灯光照得尼克眯起了眼睛。嗯？在灯光映照下，尼克看到司机那张脸怎么那么熟悉？

说时迟、那时快，汽车已经开到了尼克面前，尼克想躲闪已经来不及了，只听"嘭"的一声闷响，尼克的身体被汽车撞飞到了半空中，尼克想伸手去抓什么，可是已经没有力气了，他的眼前一片漆黑……

（董　轶）

（题图：箭　中）

最后一枚筹码

迈克迷上了赌博,开始还瞒着妻子艾丽,赌注也很小,后来收不住手,渐渐就赌大了。可不管他下多大的赌注,却一次也没有赢过。

迈克不相信自己运气会这么差,便去请教当地一个有名的星相师。

大师一听,皱了皱眉头,对他说:"只要是公平的赌博,你总该有机会赢几次,可你一次也没赢过,这一定是命运在作祟,有人挡了你的财运。"

大师细细一算,告诉迈克,挡他财路的是他的妻子艾丽,因为他们两个人的命相克。

迈克一想:是呀,自己和艾丽结婚都快一年了,却从来没有见过艾丽的家人,平时只要偶尔提到艾丽娘家的事,艾丽总是支支吾吾用别的事情搪塞过去。大师说得对,原来她是一个不祥的女人!

迈克怒气冲冲地跑回家,冲着艾丽就大叫大嚷起来:"你这个臭女人,都是你,尽给我带来霉运。"

"你说什么?"艾丽瞪大了眼睛,莫名其妙地望着迈克。

迈克说:"你这个臭女人,要不是你,我哪会把家里的东西都赌进去? 大师说得对,我算是瞎了眼,娶了你这个倒霉的女人。"

"你……"艾丽想了想,朝迈克点点头,说,"好吧,我不该再对你抱有幻想了,我原本还想再劝劝你的,现在,我们分手吧!"艾丽一边说着,一边就从书桌抽屉里拿出一份离婚协议书,在上面签了字,随后递给迈克。

"房子是物业公司的,家里的东西都归你吧。"艾丽平静地说。

"可你……你手上的戒指……"迈克突然结巴起来。

为什么? 艾丽手上的戒指,是迈克当年给她的定情信物,是特地花 1500 美元买的,现在要回来,大概心里总还有些不好意思吧?

艾丽立刻就明白了艾克没说出口的那半截话的意思,她摘下戒指,把它放在桌上,朝迈克惨然一笑,说:"祝你好运,迈克。"说罢,头也不回就走出了家门。

迈克没想到艾丽居然连一个为什么都不问,就这么绝情地离开了他。他一把抓过戒指,心里说:"哼,你这个臭女人,等老子赢了钱,看你还神气什么!"

迈克连水也不喝一口,转身就冲出家门,一头扎进了赌场。他沿着纸牌桌和掷骰台转了一圈,最后在"轮盘赌"的大桌子旁站了下来。

管轮盘的庄家看见有人凑过来,笑着招呼道:"赢家来啦,下注喽!"

迈克本想看看再下注的,但又觉得庄家的招呼是个好兆头,忍不住指着就近的一个点数说:"好,借你的吉言,五点十美元。"

庄家笑笑,在五点上给他放了一个10元钱的筹码。

不一会,轮盘转动起来,迈克的心也跟着提起来,星相师的话到底准不准,就看今天这个转盘了。只见转盘悠悠地转啊转啊转,转了几圈之后,在迈克下注的五点上停住不动了。

迈克惊呆了,从来没有赢过钱的他,居然一下子赢了一百八十元还多,十元钱一个的筹码拢起有一堆哩!庄家把筹码推到迈克面前,示意他收起来,迈克却还愣在那里。

"上帝保佑!"迈克心里对星相师感激涕零,看来好运真的要来了!

迈克回过神来,刚刚收起筹码,轮盘又开始了下一轮的转动。这一次,它还是不停地转啊转啊转,又转到那个五点上不动了。"我的天!"迈克兴奋得浑身发抖,"感谢上帝,我要发财了!"他一边喃喃着,一边赶快收起赢来的一大堆筹码。

"老子运气真来了!"迈克攥紧拳头,盯着轮盘,于是下起了更大的赌注……

说来也怪,这天晚上,不管迈克把筹码放到哪个点上,最后转盘总会停在那儿。一直赌到下半夜两点多,迈克一次也没有输过,他赢来的筹码已经可以堆起一座小山了。有人帮他粗略算一下,这一晚他至少赢了七十万美元。

迈克兴奋得快要发疯了,兴冲冲地收起筹码,到兑换处去兑换现金。

根据赌场规定,如果赌客口头下注,而没有实际把现钞押下去,那么到最后,他一定要证明他口袋里有足够能支付第一次下注的现钱,否则赌场可以拒绝将他的筹码兑换成现金。所以迈克现在把筹码兑换成现金时,也必须要先拿出他下第一个赌注时的十美元本钱。

可是，当迈克把全部筹码放到兑换处的柜台上，再掏出自己的钱包看时，他眼睛顿时就瞪直了：钱包里一共只有两枚一元的硬币，原先包里还有的几十元钱，都给了那个星相师，除此之外，剩下的就是原来戴在艾丽手上的那枚戒指。戒指不是现钱，哪怕再值钱，这时候也没用。

"天哪！"迈克哭丧着脸，整个人像木头似的僵住了。他看看周围，一个认识的人也没有，身后就是赌场里的保安，如果他不马上想办法拿出钱来，按规定保安是可以很快过来没收他的全部筹码的。怎么办？迈克脸色灰白，额头上的急汗成串成串地往下淌。

慌乱中，迈克突然看到了一个女人，这个女人就像是从天上掉下来的，此时正坐在观光台的一角，默默地注视着赌场里的一切。这个女人是谁？迈克的妻子艾丽。

艾丽怎么也会在这儿？迈克顾不上多想了，像抓到了一根救命稻草似的大叫起来："喂，亲爱的！"他心里清楚，只要艾丽肯拿出十美元给他，几分钟之后，他可就是一个让人刮目相看的富翁了！

迈克厚着脸皮，好像这之前他和艾丽之间什么事情都没有发生过一样，又笑又叫地迎着她奔了过去："亲爱的，你跑哪儿去了？我都找你半天了！"他眨巴着眼睛向艾丽示意，又悄声道："我赢了一大笔钱呢！"

"是吗？"艾丽冷冷地应了一声，显然她没有忘记他们之间发生过的事情。

"好啦，好啦，"迈克打着哈哈说，"亲爱的，我知道你还在生我的气，不过现在好了，我们又有钱了，足有七八十万呢！"迈克边说边伸出手去，"亲爱的，你先给我十美元，等我把这些筹码兑换出去，咱们真该好好庆贺一下呢！"

坐在这里的艾丽当然知道,迈克向她借十美元是为了什么。但是她摇摇头,淡淡地说:"对不起,迈克,我不能给你钱。"

"你说什么?"迈克瞪着一双惊恐而又愤怒的眼睛,看着她。

"很抱歉,迈克,"艾丽一脸平静地说,"我一直没有告诉过你,这个赌场其实就是我父亲开的,他和你一样,也是个赌徒,为了赌,他可以舍弃一切,包括我母亲的生命。我恨他,但我也不想帮你,因为他毕竟是我父亲,我不愿看见他蒙受损失。"

迈克傻了,想不到事情的结局会是这样。他绝望地看着艾丽,结结巴巴地问道:"那你,你干吗到这里来?"

艾丽凄然一笑:"对不起,迈克,也许你以为我来这里是为了你。不,你错了!我来只是想看看,究竟是什么东西,使你们这些男人变得如此疯狂。"说到这里,她朝迈克伸出右手,将掌心慢慢展开。

迈克发现,她的掌心里赫然躺着一枚筹码。那是赌场专门用来送给客人留作纪念的,筹码上刻着一个吃人的魔鬼。

迈克只觉得脑子里"嗡"地一下,仿佛看见筹码上那魔鬼活了,正面目狰狞地向他扑来。

"送给你,留作纪念吧!"他的耳边响起了艾丽的声音。

"天哪!"迈克惊叫一声,随即便倒下了……

（王　晖）

（题图：箭　中）

日本新娘

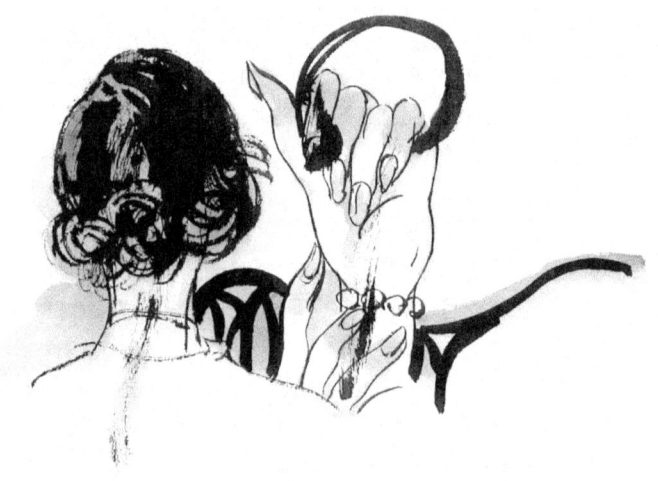

在日本,有这么一对年轻人,女的叫惠子,男的叫松本,近日来,他们每天都沉醉在迎接婚庆的喜悦之中。

但就在结婚前的一个星期,惠子收到一封匿名信。打开来看,上面写着这么一句话:不要结婚喔——不然,你会遭遇不幸的!

惠子像当头挨了一棒,但她很快就镇静下来,认为这可能是什么人搞的恶作剧,也有可能是别人妒忌她与松本的爱情,所以她决定不予理会。

然而接下来的几天里,她每天都收到诸如此类的信件。她心里不禁有点发毛,但又不想告诉松本。

这天下午,惠子与松本坐在咖吧里喝咖啡,惠子终于忍不住把信掏了出来，递给松本，说："你看，每天都有人寄这样的怪信给我，我实在受不了了。"

松本接过信，一封一封看，然后大笑说："这肯定是什么人搞的恶作剧！"他伸出手来，轻轻抚着惠子的头发，安慰道，"有我在，你什么也别怕，别理就是了。"

松本这么一说，惠子的心情顿时好了许多。喝完咖啡，她便让松本陪着她一起去逛婚纱商店，直到傍晚，两人才依依不舍地分手。

晚上，惠子去参加高中同学聚餐会，大家一见面，就像回到了学生时代，打打闹闹，气氛显得非常随意和热烈。

彼此正聊得开心，突然有人不经意间提起了直子同学，惠子心里顿时打了个"咯噔"：这个直子，读高中时和一个男生谈恋爱，但后来那男生却移情别恋爱上了惠子，直子以为是惠子在背后搞的鬼，所以从此两人的关系闹得很僵，直子总找惠子的茬儿，甚至还在毕业留言册上发誓要报复惠子。

有个同学问惠子："直子会来参加你的婚礼吗？"

惠子其实从心里讨厌直子，但她想了想，笑笑说："都那么久了，她应该不介意了吧？"

然而就在结婚前两天，惠子收到了一个包裹，里面是一个洋娃娃，胸前写着惠子的名字，身下压着一张纸条。惠子心里一惊，突然有一种不祥的预感，她颤抖着打开纸条一看，上面写着：你的婚礼我一定会参加，因为我要报复你。不要结婚喔，你会下地狱的！

是直子！而且，她一直没有忘记要报复。

惠子心情糟透了，一怒之下想把洋娃娃扔出窗外，没想刚拿起，洋娃娃的头居然就断了！惠子吓得"哇"一声尖叫，洋娃娃落到了地上……

婚帖早已发了出去，所以两天后婚礼还是照常举行，惠子和松本双方的亲朋好友来了不少,宴会厅里喜气洋洋,可惠子因为心里有事,一点都高兴不起来,她一直在想着直子寄来的那个诡异的洋娃娃,她一边给客人们敬酒,一边用眼角搜索着直子的身影。

还好,一直到婚宴结束,直子一直没有出现,惠子终于松了一口气。

晚上,惠子累得瘫坐在床边,松本走过来,把她紧紧拥入怀中。他贴在惠子耳边,轻声说道:"你还是结婚了。"

惠子像被雷打了一样,"腾"地站起来,瞪大眼睛看着松本,她不敢相信这是松本对她说的话。

"你还是结婚了!"松本说,"我说过,你结婚……会像下地狱一样喔……"

惠子浑身直哆嗦,吓得目瞪口呆。

此刻,她才知道,松本其实就是她的高中同学直子,五年前做了变性手术……

(李　华　编译)

(题图:箭　中)

魔鬼送来的盒子

诺玛结婚后,与丈夫一起住进了北郊的一幢廉租房内。

这天傍晚,诺玛下班回家,意外地在家门口发现了一个包裹,打开一看,里面是一个方方正正的盒子,被胶带封着。诺玛好奇地把盒子捡起来,拿进了家。

她将盒子打开,盒子里有一个小木盒,上面镶嵌着一个红色的按钮,不过按钮被一个圆形的玻璃罩罩着。诺玛试着想揭开玻璃罩,但没能成功,玻璃罩是锁住的。

诺玛越发觉得好奇,她将小木盒捧在手里仔细看,结果发现盒底上贴着一张小纸条,上面有一行字:斯坦德先生今晚八点将来拜访您。

斯坦德是谁?是这小木盒的主人?他为什么要把盒子放在

我家门口呢？诺玛想了半天也没想出个头绪来,于是便小心翼翼地将盒子放在沙发上,转身去了厨房……

晚上八点,诺玛家的门铃果真响了起来。这时候,诺玛的丈夫亚瑟正坐在沙发上看报纸,见有人来,把手里的报纸一扔,站起身来准备去开门,可诺玛却飞快地赶在了他前面,亚瑟不由惊讶地看了她一眼。

打开门,只见门外站着一位身材矮小的男人,绿豆般的眼睛里发出蓝幽幽的光。"您好!"那人说道,"我是斯坦德。"

诺玛看着对方,发现这位斯坦德有点像专门推销货物的小贩,于是就心生戒备地问道:"木盒子是你放的? 我们可不需要这种东西。"说着,她就想关门了。

斯坦德"嘿嘿"一笑,慢条斯理地说道:"夫人,难道您不想知道我送您的礼物是什么宝贝吗? 它很有价值呵!"

诺玛怀疑地看了他一眼:"你说的是……它很值钱?"

斯坦德点点头。他从口袋里拿出一个信封,递给诺玛,说:"这里面有一把钥匙,可以打开小木盒上面的玻璃罩。你只要一启动按钮,很快就会得到十万美元。当然,这样做是有代价的,你按动按钮的同时,世界上某一个地方的某一个人,会因此而丧命。"

站在诺玛身后的亚瑟一听,不禁皱起了眉头。刚才吃晚饭的时候,诺玛给他说小木盒的事,他根本就不以为然,认为这是混混们玩的无聊游戏,劝诺玛别去理睬。现在见对方居然真的上门来了,他非常生气,从诺玛手里夺过信封,就朝斯坦德扔去:"走,你给我马上离开这儿,我们不欢迎你!"

斯坦德冷冷地看了一眼亚瑟,拿出一张名片递给诺玛,说:"夫人以后如果需要开启玻璃罩的钥匙,随时可以打电话给我。"说完,他捡起亚瑟甩在地上的信封,转身走了。

亚瑟一把从诺玛手里将斯坦德的名片拿过来,撕成两半,扔进了垃圾桶。他看诺玛愣愣地坐在沙发上，劝她说："别胡思乱想了，亲爱的，这可能是一个玩笑，或者是一个心理实验。而且，不管怎么说，他这种说法是罪恶的。"

当夜，两人上床睡觉，亚瑟很快进入了梦乡，可诺玛却怎么也睡不着，满脑子都是那只小木盒。它真的能换来十万美元吗？只要一想到十万美元，诺玛的心就狂跳不已。

第二天，亚瑟一大早就上班去了，诺玛满脑子还在想着昨天小木盒的事。离开家之前，她忍不住还是将垃圾桶里斯坦德那被亚瑟撕成两半的名片捡起来，放进了自己的口袋。

中午，在公司吃过午饭，诺玛找了个没人的地方，用胶水将名片重新粘好。她简直不敢想，自己为什么要这么干。傍晚快下班的时候，诺玛自己也不知道怎么会拨通了斯坦德的电话，她犹疑着，吞吞吐吐地对斯坦德说："我真的很好奇……斯坦德先生。"

电话那头，斯坦德的声音极其悦耳："夫人，这是很自然的。"

诺玛的脸"腾"地一下红了，愣了愣，说："斯坦德先生，你别以为我信了你的鬼话。我只是想知道，你说的，'世界上某一个地方的某一个人会因此而丧命'，这是什么意思？"

斯坦德回答她："准确地说，'那个人'是指'任何一个人'。我保证，那个人肯定是你不认识或者不了解的。你用不着去直接面对他的死亡，就可以轻而易举获得十万美元的报酬。夫人，你需要那把钥匙吗？"

诺玛沉默了好半天，最后咬咬牙，还是挂断了电话。因为，只要一想到那个人会"因此而丧命"，诺玛心里很害怕。可她万万没有想到的是，当她下班回家，在家门口又看到了斯坦德那只装了钥匙的信封，就放在她家门口。诺玛对自己说：我是不会动它的，更不会把它拿进家门。她故意跨过信封走进家门，进屋就开始动手做饭。

可是,诺玛发现自己的心思根本就不在做饭上,眼前老是闪出钥匙的影子。终于,她忍不住打开房门,把那只装了钥匙的信封拿进屋里,并把它藏在橱柜最下面的一只抽屉里。

亚瑟下班回来,诺玛心里已经想好了主意,她直截了当地对亚瑟说:"我想试一下按钮,亲爱的。"

亚瑟吃惊地看着诺玛:"你疯了? 那是谋杀!"

诺玛静静地看了看丈夫,说:"我只是想试一下。那个人可能远在天边,与我们又有什么关系呢? 要知道,有了这笔钱,我们就用不着这么累了,可以去做点小生意什么,命运可能因此而改变……"

亚瑟坚决地打断了诺玛的话:"不管怎么说,如果这是真的,那就是谋杀。听我说,亲爱的,钱我们会有的,只是时间早晚问题!"

"只是时间早晚?"诺玛冷笑了一声。

诺玛觉得亚瑟不会同意她的想法,她决定索性不露声色自己一个人干。打定主意后,她伸手拥抱了一下亚瑟,假意说:"别生气,亲爱的,我只是说说而已。"

第二天清晨,亚瑟吃过早饭后就上班去了,诺玛却留在了家里。她下决心一定要试试那个神奇的按钮。要是真起作用,还去上什么班呢? 如果斯坦德欺骗了她,大不了也就是上班迟到而已。

诺玛拿出小木盒,又从橱柜最下面的抽屉里取出那只信封,把里面的钥匙抽出来。她轻轻将钥匙插进玻璃盖,盖子果然应声而开。这时,诺玛心里紧张得"怦怦"直跳,她不断安慰自己:我这样做,是为了亚瑟,为了我们这个家啊! 况且,我只按一次! 就这一次! 想到这里,诺玛一手将按钮摁了下去。

四周静悄悄的,什么神奇的事情也没有发生。诺玛觉得很失望,她叹了口气,甩手将小木盒扔进垃圾桶里,匆匆上班去了。

这天傍晚,诺玛下班回家后,正在厨房里忙着,电话铃猝然响起。诺玛拿起来一听,是医院打来的,告诉她说:"夫人,您丈夫坐地铁时被拥挤的人群挤到了车下,当时车还没有停稳……我们很抱歉,他被送来时已经太迟了……"

诺玛只觉得自己脑子里"嗡"的一声,她猛然想到亚瑟公司为他购买的人身保险金是五万美元,按二赔一的赔率,不就是十万美元吗?这么说,难道是自己亲手害了亚瑟?

电话铃再一次令人惊悸地响起,是斯坦德的声音:"夫人,恭喜您,您的十万美元就要到手了。"

真是自己杀了亚瑟!诺玛绝望地朝斯坦德吼道:"你这个该死的家伙,你不是说要死的那个人肯定是我'不认识或者不了解'的吗?怎么会是亚瑟?"

斯坦德沉默了一会儿,冷冷说道:"夫人,您真正了解您丈夫吗?您了解他那颗善良正直的心吗?您应该知道:邪恶,是要付出代价的。"

……

据说,诺玛后来就搬离了这幢房子,再也没有人见过她。

一个月之后,新房客罗娜搬进了这幢房子。这天下班回来,她在自家门口看见了一个小木盒……

(木　木　编译)

(题图:佐　夫)

奇 思 妙 想

生活不应该过于拘泥，过于刻板，在不给别人造成肯定的破坏或伤害的情况下，只要有可能，就要任其自由发挥，应该有从事冒险的余地。

人头移植

　　银行家雷迪娶了个妻子,叫拉菲。

　　说起拉菲,那可是出了名的美女,前年选美时,她和另一位叫妮茜的小姐并列第一。两人相比,拉菲的身段比妮茜要好看,而妮茜的脸蛋比拉菲的更漂亮。于是有人说,要是将她们合二为一,那可是无与伦比的美女了。可是雷迪的想法却与众不同,他要把两个美女都搞到手,一个做妻子,一个做情人。果然,雷迪凭实力很快将拉菲拉进自己的怀里。

　　可遗憾的是,雷迪的计划只完成了一半,虽说他在妮茜身上下了很大功夫,但屡遭拒绝。时间很快过去了一年多,雷迪使尽了各种手段,也没能赢得妮茜的芳心。

　　偏偏在这时候,拉菲得病住进了医院,经医生诊断,拉菲患的是恶性脑瘤,而且已到晚期,估计最多只能活一个月。

颅脑专家、医学博士艾伦把雷迪叫到办公室,转弯抹角地透露了他妻子的病情。雷迪一听,大惊失色:"不,拉菲不能死,我们结婚才一年,我不能没有她,我请求你们,一定要救救她!"艾伦摇摇头:"我们也这样想,可是无能为力呀!"雷迪说:"听说你正在搞人头移植试验,那就请你给她换一个头吧,不管要多少钱,我都能出!"

确实,艾伦是在搞人头移植试验,可终究还是试验,如今要来真格的,成功失败不去管它,这人头到哪里去搞?不错,雷迪很有钱,可是钱再多也不可能买到健康的人头。更何况拉菲是绝代佳人,不是什么样的头都配得上的,按上个很一般甚至很难看的脑袋,糟蹋了她的身材不说,雷迪也不一定能接受啊!艾伦苦笑着对雷迪说:"你的要求可以理解,我们一定尽力而为,但我要提醒你,不可抱太大的希望。"

哪想他送走雷迪不久,医院里又送进一个危急病人。这是一位姑娘,因车祸受了重伤,她头部完好无损,脸蛋漂亮得令人吃惊,而身子却伤得十分严重,脚断手折,胸腹部血肉模糊,连肠子都已挤出体外。

艾伦不觉心里一动:只有这位姑娘的头才配得上拉菲的身材,反正两人都将死去,不如死马当活马医,进行一次人头移植,如果成功了,不仅救下一条命,而且是一次科研上的突破。

当然,这人头移植事关重大,并不是想干就可以干的,事先必须征得双方家属的同意。艾伦首先把雷迪请来征求意见。雷迪一看那姑娘,惊得目瞪口呆,又乐得心花怒放。你道为啥?原来这个将被车祸夺去生命的姑娘不是别人,恰恰是他苦苦追求而不获的妮茜。如果将妮茜的头移植到拉菲身上,那自己的妻子不是美得无可挑剔了吗?于是他一把拉住艾伦的手说:"博士先生,这太好了,我非常感激你,你简直是我的上帝!"

艾伦又向妮茜的亲属征求意见,也同样得到了支持。

经过一番周密的准备之后,艾伦便开始了手术。手术是在一个特殊的手术室里进行的,做了三个多小时,非常成功,一段时间之后,移植人已经可以下床到院子里散步了。人们发现她果然比拉菲和妮茜都要美丽,简直是一件精心雕琢的艺术品,美妙绝伦!艾伦非常高兴,他认为这是自己一生中最得意也是最值得骄傲的杰作,他给移植人起了新的名字,叫妮茜·拉菲。

看来一切都很顺利,可谁知在院方通知妮茜·拉菲已恢复健康可以出院时,双方亲属却发生了争夺。

雷迪说:"不管怎么说,也不管她现在叫拉菲还是叫妮茜,或者叫妮茜·拉菲,那不过是一种称呼,其实质是,她脖颈以下的整个躯体是我的妻子拉菲。这也就是说,她整个人体的绝大部分,包括心脏在内,都是我妻子拉菲的。谁想强占她,没门!"

妮茜的父亲寸步不让,他冲着雷迪直嚷:"对,她身体的绝大部分是你妻子拉菲的,可是她的头呢?头是我女儿妮茜的!你应该知道,头部是人的神经中枢,是指挥部!一个人没有头,光有躯体有啥用?除了喂狼,一文不值!"

就这样,公说公有理,婆说婆有理,双方争执不下,只得诉诸法律。

法官在听了双方的陈述之后,也挠开了头皮,因为在所有法律条文中,都找不到处理这一人体纠纷的条款。没有法律依据,又无先例,叫他怎么判决?老法官碰上新问题,一时没了主意,只得请来艾伦。

艾伦说:"妮茜·拉菲确是我用妮茜的头和拉菲的身子合成的,我作为一个医生,责任在于治病救命,至于人救活以后应该属于谁,那可不是我的手术刀所能解决的。"

法官点点头,说:"你的话没错,我只想请你提供一点处理这个问题的办法。如何?"

　　艾伦笑笑："其实也很简单,让她属于两家共有不就行了嘛,这无非是让雷迪先生多一对丈人、丈母娘而已。"

　　艾伦这么一说,妮茜的父亲急了："不行不行,我女儿已经有了男朋友,正准备结婚。别的东西可以共有,这妻子哪能共有呢?"雷迪也嚷嚷道："不行不行,我和拉菲结婚都一年了,哪能分一半给人家? 我绝不同意!"

　　艾伦说："既然你们双方都说不行,那就更简单了,问问妮茜·拉菲本人,不就解决了吗?"法官一听非常高兴,一个电话把妮茜·拉菲请来,如此这般地说明了情况,她的归属和去向,由她自己决定。

　　妮茜·拉菲抬头看看法官,看看艾伦博士,又看看妮茜的父亲。当她的目光停留在雷迪脸上时,她想起来了:这个男人曾经追求过自己,后来和拉菲结婚,可他婚后依然对自己缠住不放,多次许以重金,要自己做他的情人,遭到拒绝后还不死心,常常纠缠不休……

　　她正这么想着,只听雷迪说道："亲爱的拉菲,你是我的妻子,快说吧,你是属于我的!"可是妮茜·拉菲却讨厌他那色迷迷的眼神,她来到妮茜的父亲身边,说："爸爸,我不会忘记的,我永远是您的女儿,咱们回家吧。"

　　一场复杂的争人纠纷,就这样快刀斩乱麻地迎刃而解了。可是这对雷迪来说,那真比割了肉还难受。他咽不下这口气,心想:得不到她也要毁掉她! 于是三天之后,雷迪出重金雇人将妮茜·拉菲杀掉了,割下她的脑袋后,将无头躯体拉到殡仪馆火化,并将躯体骨灰和原来拉菲的头部骨灰合在一起。

　　这起杀人案引起了舆论大哗,警方也十分重视,不仅很快找到了妮茜的头部,并迅速破案,把雷迪作为杀人案的主谋,关进了监狱。

　　警方认为,妮茜·拉菲虽然是一个移植人,但是个活人,雷迪指使人杀害一个活生生的人,这就犯了杀人罪。再说,人头移植的成功,是医学界一项重大的科研成果,具有世界意义,所以说,雷迪这一行为也是对医学研究的一种破坏。两罪并罚,必须重判。

可是,雷迪的辩护律师却说:"你们指控雷迪杀了人,他杀了谁呢?杀了妮茜吗?妮茜已死于车祸;杀了拉菲?拉菲也已死于脑瘤。这都是有据可查的事实。那么,能不能说他杀了妮茜·拉菲呢?遗憾的是,户籍本上根本就没有这个人。既然连这个人都不存在,杀人又从何说起呢?"

案子似乎既简单又复杂。说简单,事实清楚,真相大白;说复杂,是因为找不到法律依据。一拖好几个月,无法结案。

为这事,艾伦博士很伤心,他搞这项研究,是想为医学上作点贡献,造福于人类,哪想辛辛苦苦多少年,刚刚取得初步成功,却造成了一连串的麻烦,还引来了许多指责。他决定暂停研究,所以至今没做过第二次人头移植手术。

(黄果心)

(题图:箭　中)

电脑帮你谈恋爱

　　有个小伙子叫汤姆，喜欢上了和自己一个公司的姑娘奥菲娅。可是奥菲娅对别人都是满面笑容，一见了汤姆却会摆出一副不冷不热的架势，这让汤姆感到十分苦恼。

　　一天，汤姆看到一家恋爱服务公司的广告，说是可以帮客户解决恋爱中的一切难题，便迫不及待地来到这家公司。

　　公司经理跟他谈了十五分钟，笑笑说：“没问题，汤姆先生，三个月之内，包您成功。”

　　接着，他就叫汤姆进入电脑间检查身体，然后办手续付款，最后又将一只微型耳塞放进汤姆的耳朵里，说：“本公司的电脑恋爱专家，将通过这只无线电耳塞向您发出指令，您只要照它的话去做，保证心想事成。”

　　你别说,这藏在耳朵里的秘密武器还真管用。

　　一天上班时,汤姆在公司门口碰上了奥菲娅,突然耳塞里传出话来:"别慌张,你以微笑相迎,彬彬有礼地向她打招呼,并且对她说:'啊,奥菲娅小姐,您今天的打扮真漂亮。'"

　　汤姆立刻一一照办,果然得到了奥菲娅的好感,还给了他一个甜蜜的微笑,汤姆乐得心花怒放,手舞足蹈。

　　那天上午,耳塞里又传来指令:"你得找个机会去和奥菲娅小姐聊聊天,但要记住,只能聊电影《泰坦尼克号》。"

　　汤姆一听急了,自己还没看过这部电影呢。于是当天晚上,他不但赶着去看了这部电影,而且还读了许多关于《泰坦尼克号》的评论文章。他作好了充分准备,于是第二天就去找奥菲娅。

　　谁知奥菲娅也是刚看过这电影,正为没人跟她聊而苦恼,于是两人谈得非常投机,双方的感情距离立刻拉近了许多。

　　汤姆非常高兴,心里暗想:我何不趁热打铁,邀请奥菲娅去吃顿饭呢?

　　他刚想到这里,耳塞里又说话了:"注意,时机尚未成熟,你暂时不能请她吃饭。"

　　汤姆好不吃惊:啊,这电脑恋爱专家居然知道我的心事?嗨,神了!

　　从此以后,电脑恋爱专家通过耳塞不断地给汤姆发来指令:比如遇上奥菲娅的生日,就告诉他应该买什么礼物,穿什么衣服,打什么领带,穿什么皮鞋,规定得很仔细;碰到奥菲娅的父亲生病,便指示他应该趁机上门拜访未来的岳父、岳母,应该买什么礼物,见面说什么话……就这样,汤姆和奥菲娅的关系突飞猛进。

　　一晃过去了两个月。这一天,耳塞里传来了电脑恋爱专家的第八十八次指令:"你现在可以向奥菲娅小姐求婚了,但不能直说'我爱你',要用一种既含蓄又浪漫的方式表达自己的感情。"

这可使汤姆挠开了头皮,什么样的方式才是既含蓄又浪漫的呢?为此,他苦思冥想了好几天,终于想出了一个办法:在一张白纸上画一颗红心和一支箭,旁边还打个问号,然后把它装进信封,写上"奥菲娅小姐收",再偷偷地放到奥菲娅的办公桌上。

第二天,他打了个电话给奥菲娅,问道:"亲爱的,您能不能告诉我,那支箭是不是射中了红心?"

奥菲娅听了呵呵直笑,说:"你的箭法真准!"

这可把汤姆高兴得又蹦又叫:"啊,我成功啦!"

为了表示对恋爱服务公司的感激,汤姆特意送去了一笔钱,并说:"你们的电脑恋爱专家太棒了,不过有一点我不明白,当初你们为什么让我检查身体?难道身体和恋爱有直接关系?"

经理微微一笑,说:"实不相瞒,我们经过研究发现,男女之间相互吸引,跟人体携带的一种特殊信息有关,我们为你检查身体,主要是为了搜集你身上的这种信息,然后加到奥菲娅常用的那种牌子的香水中,使它成为一种恋爱催化剂,再设法把这香水和她用的香水调包,你明白了吗?"

汤姆似懂非懂地点点头:"噢,原来是这样!"

时隔不久,汤姆终于如愿以偿,和奥菲娅举行了婚礼,婚礼既隆重又热烈,亲朋满座,热闹非凡。

婚礼结束,进入洞房,奥菲娅叫了声"累死我了",就一头倒在了床上,汤姆发现,一粒纽扣似的小玩意儿从她耳朵里掉了出来。

汤姆拾起一看,跟自己耳朵里的耳塞一模一样,他惊讶道:"啊,你也有这个?"

奥菲娅白了他一眼:"怎么,只许你请电脑恋爱专家帮忙,我就不可以?"

　　她话音刚落,突然来了一群姑娘,"叽叽喳喳"地进了洞房,其中一个拉住汤姆说:"亲爱的,我爱你,你得跟我走,没有你,我怎么活下去呀?"另一个抱住汤姆就亲,说得更绝:"汤姆,你娶不娶我? 要不娶我,我就一头撞死在这里!"

　　汤姆急了,忙说:"你别……"

　　奥菲娅一见这情景,怒不可遏,上去给了汤姆两个巴掌,就气呼呼地转身跑了。

　　汤姆怎么也想不到,半路上会杀出这么两个神经病,把他的好事给搅了。其实他不知道,这两个姑娘并不是神经病,而是奥菲娅的好朋友,她俩昨天在奥菲娅住处玩,无意中用了奥菲娅的香水,可那是掺有汤姆特殊信息的恋爱催化剂呀,这一用不就麻烦了吗?

　　面对这样尴尬的场面,汤姆傻眼了,他多么希望这时耳塞里能传来电脑恋爱专家的指令! 可是没有,因为恋爱服务公司只帮助你谈恋爱,婚后的事他们就不管了……

(徐　彦)

(题图:黄全昌)

神奇的波比

有一个猎人叫多尔，这天他捉住了一只鹦鹉。

鹦鹉可怜巴巴地向他求饶说："我叫波比，好心人，求你放了我吧！"

多尔摇摇头，告诉鹦鹉说："对不起，我家有三天揭不开锅了，就等着拿你这只鹦鹉去换钱买米下锅呢！"

波比想了想，说："只要你放了我，我就让你发一次财。"

多尔一听，来了精神，说："行！"

于是，波比悄悄告诉多尔说："山南有一株老山参，足足有一斤八两，你去挖了吧。"

多尔一听，显得很犹疑：山南有蛇王守着，没有谁能走近，到那里去挖参，不就等于是去送命吗？

但波比却对多尔说："你尽管放心，你把我尾巴上的那根绿羽毛拔了，插在靴子上，这样就可以去山南了。"

多尔十分高兴，他把波比带回家，关进笼子里，随后拔了它尾巴上的那根绿羽毛就出发了。一个月后，多尔挖回了那株老山参，卖了钱，买回很多食品。

这时，波比问他："该履行你的诺言，放了我吧？"

多尔正要打开笼子，他妻子却不答应，说："不行，除非让鹦鹉再帮我们发一次财！"

多尔一听，连连拍着自己的脑袋瓜子：还是妻子聪明呀！

波比见多尔不肯履行诺言，无可奈何地说："我可以再帮你们一次，但希望你们这次一定要履行诺言！"

多尔和妻子答应了。

于是波比又悄悄说出一个秘密：山北有一株灵芝，足足长了一万年，但那里是万丈悬崖，没有谁上得去，只要拔了它翅膀上的黄羽毛，绑在腰间，就可以飞上去了。

多尔和他妻子一听喜出望外，于是多尔拔了波比翅膀上的黄羽毛又出发了。两个月后，他采回了灵芝，用卖得的钱买了一幢漂亮的别墅。

波比让多尔夫妻俩履行自己的诺言，多尔正要去打开笼子，可是他的儿子不答应了。如此一来，波比只好又让多尔拔了它背上的紫羽毛，去山东采了一颗足球那么大的夜明珠，用卖了珠子的钱又买回了飞机、轿车、游艇……

这一次波比认为多尔一家总该放它了，谁知多尔的女儿死活不答应，于是波比又只好让多尔拔了它腹下的蓝羽毛，去山西的洞里背回一尊足有三尺高的金佛，回来后用卖得的钱买了数不尽的华丽服装和金银首饰。

看着多尔全家喜气洋洋的样子，波比说："这回你们总该履行诺言了吧？"

多尔眼睛里放着贪婪的光,说:"波比,感谢你一次又一次地让我们发财。俗话说,帮人帮到底。假如你能说出一个使我们长久发财的办法,我们就一定放了你。"

波比想了想,平静地说:"你拔了我脖子上的橙羽毛去炒股吧,它会告诉你买哪只股可以赚钱。"

多尔乐呵呵地拔了波比脖子上的橙羽毛,真的去证券市场炒股了。

说来也真怪,从波比脖子上拔下的这根橙羽毛会开口说话,每一次它都会告诉多尔该买哪只股票,多尔按橙羽毛说的去买,每一回都十拿九稳。

转眼,两年过去了,多尔成了亿万富豪,可他早忘记了当初的诺言,一直不放波比。

一天,橙羽毛告诉多尔:买"杜鹃鸟"股票可以大赚,于是多尔倾其所有,又从银行贷了巨款,买下了杜鹃鸟。

不料第二天,杜鹃鸟股票直线下跌,一下子成了垃圾股,多尔血本无归,就此彻底破了产。他气急败坏,一不留神从楼梯上摔下来,被送到医院,医生说他活不了几个月啦。

多尔咬牙切齿地对波比说:"你这只可恶的鹦鹉,不是说这根橙羽毛会炒股吗?可它却害得我欠了一屁股债!"说完,他狠狠把橙羽毛扔在地上。

波比听了,眨眨眼睛问他:"这根羽毛淋过雨吗?"

多尔大惊失色:"淋雨?昨天不小心淋过的呀!"

波比说:"忘了告诉你,它淋了雨就不灵了呀!"

多尔顿时咆哮如雷:"你这个该死的家伙,你为什么不早说?你这不是成心让我倒霉吗?哼,我死你也甭想活!快说,你还有什么办法能使我起死回生?如果你这次能救我,我一定放你,决不食言!"

波比叹了口气:"如今,我有神力的羽毛只剩头上这根红羽毛了,你把它拔下来,它就会变成一颗红宝石,你叫人把它拿到当铺换成钱,然后拿这钱去买……"

五天后,家人发现多尔在别墅中死去了,他倒在窗下的床边,这扇窗上面的气窗开着,房间里鸟笼还挂着,鸟笼的门却开着,鹦鹉波比不见了。

警方检查现场后发现,多尔是被刀片割断咽喉死去的,可是前前后后搜查了好几遍,没发现任何凶器,甚至连一点蛛丝马迹也没有,因此他们认为很有可能是有人杀了多尔后,把凶器带离了现场。

那么,是谁谋杀了这个欠了一屁股债的多尔呢?为什么要谋杀他呢?

后来,警方在多尔的保险箱中发现了一张保险单,是多尔在死前购买的人寿保险。

保险单上有以下规定:如果多尔死于意外或谋杀,其亲人可以获得巨额保险赔偿,受益人是他的妻子儿女;如果多尔是由于自杀身亡,其亲人则不能获得此项保险金。

刑警们恍然大悟,立即拘捕了多尔的妻子和儿女。

多尔的妻子立刻嚷叫起来:"你们凭什么拘捕我们?"

警察板着脸,冷冷地说:"我们怀疑你和你的儿女合谋杀害了你的丈夫,企图骗取巨额保险赔款,你们等着坐牢吧!"

多尔的儿子立即申辩说:"那不是我们干的,是波比!"

警方觉得很奇怪:"波比是谁?"

多尔的女儿一边哭一边说:"我们家养的一只鹦鹉,它把头上的红羽毛变成宝石,叫我父亲到当铺换钱,又叫我父亲用这些钱买保险。它对我父亲说:'反正你活不了几天了,倒不如用死骗一笔保险金留给妻子儿女。'它还教我父亲将它从笼子里放出来,把刮胡须的刀片用细绳绑在它的爪上,然后我父亲用刀片割破自己的咽喉,松手后它从气窗里带着刀片飞走。这样,明明我父亲是自杀,但却能留下被人谋杀的假象,按照保险公司的规定,我们就可以获得赔偿金了⋯⋯"

可是刑警们听了全都哄堂大笑:"你是在编'天方夜谭'吧?谁会相信世界上有这么神奇的鸟?况且,既然你们事先都知道,又为什么不阻止?"

多尔的女儿说:"我是在门外偷听到的。警察先生,你们一定要相信我,当时我也认为那只该死的鹦鹉说得有道理,所以就没有声张。"

其实,多尔的女儿说的全是实话,可是,法官和全城的老百姓有谁会相信呢?

神奇的波比在报复了多尔以后安然脱身,又让多尔的妻子和儿女们拿不到保险公司一分钱,反而全得去坐牢。好聪明的波比!

(何小波)

(题图:箭 中)

这伙劫匪真倒霉

这天晚上，特种生物药品研究所的万博士走在回家路上，突然从一个角落里蹿出三个歹徒，把他重重击倒在地，不但抢了他手上的包，还对他浑身上下搜了个遍。但让歹徒们失望的是，万博士的包里除了有一个装着三粒药片的精致小瓶，什么值钱的东西也没有。

一个歹徒气得举起小瓶就要往地上摔，万博士惊叫起来："别摔！千万别摔！"

歹徒觉得很奇怪："什么好药？总不见得比金子、银子还值钱吧？"

万博士说："钱倒不值多少，可它是魔鬼之药，是不能随便吃的！"

三个歹徒一听,顿时哈哈大笑起来。其中一个说:"太好了,我们就是要想变成让人人都害怕的魔鬼啊!"说罢,他狠狠踢了万博士一脚,然后朝另外两个使了个眼神,三个人拔脚就跑。

他们一口气跑进一处偏僻的小屋,那是他们住的地方。

老大进屋就把药瓶打开,倒出一粒药来,对老三说:"你先尝。"说着,他就把药片塞进老三嘴里。等老三把药片吞进肚里,老大问他:"有啥感觉?"

老三没说话,不一会儿,突然伸出拳头朝老大晃了晃,说:"这药片长力气,我觉得自己劲儿比刚才大多了!"

老大一听放心了,把剩下的两粒药片倒出来,和老二一人一粒吞进了肚里。

夜深了,三个人都觉得有点困,于是倒头就睡,但是没睡太久又都醒了。

老大摸摸自己的胳膊,惊呼道:"哎呀,我的汗毛怎么变长了?你们呢?"

老二赶紧开灯,三个歹徒分别往自己身上看,又相互打量一番。

老二说:"汗毛长有什么关系,我也觉得这药片长力气,我现在浑身都是劲儿。嘿呀!"他说着开门走了出去,不一会儿竟然抱着两块巨石进来,欣喜地嚷道:"你们看!从今往后我怕是打遍天下无敌手了!"

老大兴致勃勃地走过来,接过老二手里的石头掂量掂量,笑了起来:"今儿这石头怎么这么轻呀?"

三个人兴奋了好一阵子,静下来后又觉得有点困,于是又倒头睡去。

过了一阵,老大又醒了,下床走了几步,感觉身子轻了许多,他赶紧把老二、老三叫起来问:"看我是不是瘦了?"其实不用问,因为他看到老二和老三也瘦了很多。

三个人再一次相互打量:"原来这药片还能减肥呀!"

老三乐得跳起来,没想"轰"的一声,他的头撞到了天花板上。三个人于是争先奔出小屋,老大数:"一、二、三!"月光下,只见三条黑影腾空而起,眨眼之间就轻轻飘落到了屋顶上。三个人激动啊:"我们现在拥有了超人的力量,今后再不用小偷小摸了,再不用怕警察了,我们要好好干一番大事业啦!"

……

再说万博士,回到家里想着那三粒药片被歹徒劫走的事情,一夜都没睡好。天大亮的时候,电话铃响了,对方问:"您是万博士吗? 我们是动物园的。"

"动物园?"万博士觉得非常奇怪,"一大早的,你们动物园找我有什么事情?"

"是的,有一件非常奇怪的事情,说出来真怕您不相信,所以还是请您来一趟的好,这事情怕是和您有关。"

万博士放下电话,立刻赶往动物园。

动物园的园长见万博士来了,顾不得寒暄就上前问道:"请问博士,您平时养猴子吗?"

他看万博士直摇头,就一边递上一张名片,一边解释说:"是这样的,今天一大早我们就接到居民报告,说街上有三只猴子在狂奔,其中一只手里还抓着公文包。我们立即赶了去,并且设法抓住了它们。但奇怪的是,那只猴子手里的公文包就是拿不下来,直到我们将三只猴子锁进了铁笼里,那猴子才从公文包里掏出这张名片,拼命朝我们摇晃,好像是在告诉我们,它们希望见到名片上的人。我们一看,名片上是博士您的名字!"

园长说罢,便领着万博士来到铁笼前。

原本"叽喳"怪叫的三只猴子一看到万博士来了,居然"扑通、扑通、扑通"齐齐地跪在地上,冲着万博士磕头如捣蒜。

园长对此大感不解,追问其中原因。

　　万博士叹了口气，说："我在进行所里的一项科研时，无意中兑试出这三粒药片，但因为是兑试，我还没有完全掌握它的药性，怕引起意外，所以特地把它们装在瓶子里随身带着。没想还没到家，半路上就被三个歹徒抢了去……这三只猴子就是他们这三个家伙变的。现在我更加清楚了，这药片用在人身上，起的就是一种剧强的退化作用。"

　　博士转过头去，对铁笼里的那三个家伙说："我昨天警告过你们，说这是魔鬼之药，不能随便吃的，你们不听。现在怎么办？我可没有解药呀！"

　　园长却在一边笑了起来，对万博士说："我说博士，这事情当然好办呀！既然不是你的猴子，那我就放心了，在他们还没有变回人之前，我把他们放到猴山里去不就行了？"

（老　海）

（题图：安玉民）

怪 味 之 海

　　不要怕大海，那是生活的源泉。大海和生活一般是一架箜篌，只有风暴才知道怎样弹奏。

超重一公斤

在日本的一家百货商场里，这天，人头攒动，上下电梯只要一停下，便挤进来不少顾客。

一次，就在电梯刚要关门时，又有两个顾客同时挤了进来。这一来，电梯里的超重信号器响了，扬声器说开了话："对不起，电梯超重了一公斤，最后进来的那位顾客请退出去，稍等片刻，电梯一会儿就来。"

扬声器说了一遍又一遍，可最后进来的那两个人却谁也不肯动弹。这两个人，一个是胖胖的中年女性，另一个是十六七岁的姑娘。

开电梯的小姐便说："你们两人如果都不肯出去，电梯就不能动了。"

胖女人觉得小姐的话不顺耳，又见众多的目光都对准自己，忍不住开了口："我在这里的四楼买了价值十万日元的钻石戒指，我有权乘这电梯。再说，刚才跨进电梯时，我的左脚在这小姑娘前边，证明我先进来，为什么偏偏要我出去呢？"说完，她气冲冲地扭过脸去，摆出一副"我就不走"的架势。

看来，该出去的应是姑娘了。可姑娘也有她的说法："我不像这位女士那么有钱，只买了一本价值五百日元的笔记本。可是你们知道吗？我这五百日元是我打工洗盘子得来的。而且刚才我的右脚跨在她前面，比她先进来，所以该出去的绝对不是我！"她说着，两手往胸前一抱，很有点宁死不屈的味道。

眼下，超重虽然只有一公斤，但必须得出去一个人。两个人谁也不肯让步，这事情不就麻烦了吗？电梯里的乘客都不耐烦地议论起来。

开电梯的小姐也唉声叹气，愁得不知如何是好。

忽然，她像想起了什么，一拍手道："哈，我有办法了，这个百货大楼的二十六楼医药品专柜正在试销一种药，叫'立竿见影减肥灵'，据说效果特好。我这里正好有一瓶。"她从口袋里掏出药来给大家看，然后用征求的口气对那两个女顾客说："要不，你们两位每人吃一粒试试？"

对她的建议，大伙一致赞成，那两个女顾客也动了心，于是一人接过一粒药，吞了下去。

说来也怪，仅仅过去了五秒钟，扬声器没声音了，信号器也不响了。开电梯的小姐这才吁了口气，说："实在对不起，让各位久等了。现在超重问题已经解决，我要关门了，请各位留神。"

神奇的快速减肥效果让顾客们赞叹不已，许多人中途改变了主意，直上二十六楼去寻找医药品专柜。

待顾客全部散去，那两个女顾客相视一笑，然后一前一后走出商场，走进一家咖啡馆，喝起了冰镇咖啡。喝完，胖女人又点起一支烟,悠悠地抽了起来。

坐在旁边的姑娘说话了:"妈,咱们快走吧,今天还有三家商场等我们去做减肥灵的广告呢!"

胖女人一掐烟头,站起来伸了个懒腰,说:"走吧走吧,唉,干这事真比演戏还累!"

(作者:古贺准二;讲述者:吴文昶)

(**题图**:箭　中)

生死官司

　　罗伯特家族，是富甲一方的名门望族。如今，罗伯特已是一个垂暮老人了，而且被诊断患了癌症，他的内脏出现了癌肿瘤，必须施行摘除手术。

　　在走进手术室之前，罗伯特镇静地向家人交代说："从我身上摘除的肿瘤千万不能随便扔了，要立即把它送到生物研究所去存放，它是属于我的，是我身体的一部分。"

　　家人都不明白老人为什么要留着这个可恶的东西，但又不敢违背他的旨意，只好点头答应。

　　摘除手术非常成功，一个月后，罗伯特就能下床活动了。

　　这天，罗伯特把正在公司里忙碌的儿子叫到跟前，吩咐道："你马上去生物研究所，带上支票，和他们签一个协议，我要把摘除的肿瘤永久存放在那里。"

儿子疑惑不解地问:"父亲,您指的就是那些夺走了您健康的肿瘤吗? 它们有什么值得您留恋的呢?"

罗伯特笑了:"谁让它们是我身体的一部分呢? 你赶紧去替我办手续吧!"

儿子只好应声而去,和著名的生物科研所签了协议,并进行了司法公证。

回来之后,罗伯特又交给儿子一个任务,要他运用一切手段,物色愿意献出内脏器官的人。罗伯特表示,他要用这些人的内脏器官来替换自己已经病变了的那些玩意儿。他说,他愿意出钱,可以答应对方的一切条件,当然,对象必须是活人。

这个要求,可把儿子难住了。

很显然,罗伯特是想长生不死,儿子很理解父亲的想法。但问题是,从来没有听说有哪个大活人愿意这样做,即使是穷困潦倒的乞丐,也不会答应啊!

果然,两个月下来,儿子竭尽所能,但还是没能找到一个肯答应这种离奇要求的人。

看着整日焦虑的父亲,儿子没有灰心,他想方设法,并通过各种媒体的帮助,终于说动了本地一个植物人的家属,愿意把他们亲人的身体器官给罗伯特。

罗伯特得知后开心地笑了,他把当地医学院的约翰逊教授请来,说:"老朋友,我完全信任你,我把我的生命交给你了。我想,给我替换器官的手术,由你亲手来做。"

约翰逊教授当仁不让地说:"能为您的健康出力,这是我的荣幸。"

可就在这时,罗伯特的这个决定被当地一个主管知道了,主管立刻表示反对,说依据国家的法律条文,植物人呼吸尚存,从本质上讲他仍然是活人,所以罗伯特用金钱买他的内脏器官,和杀人害命同出一理,将被指控为犯有杀人罪。

罗伯特不甘罢休,他委托自己的私人律师杰克逊去说服主管。杰克逊律师说:"植物人的躯体,即使不出卖,也是必死无疑,不如趁活着的时候把肉体提供给需求方,这样既是对社会的一种奉献,也可以解除植物人家属的痛苦……"

主管开始还是不答应,后来考虑到罗伯特家族包括罗伯特本人曾经对社会的特殊贡献,于是就采取了不置可否的态度,同时强调必须先撤掉维持植物人生命的那些医疗器械,然后再进行体内器官的摘除手术。

这一下,罗伯特却不同意了,他需要的是活人的器官,先撤掉医疗器械再进行手术,那不就等于是从死人身上开刀了?

双方发生了激烈的争执,无奈之下,罗伯特一纸诉状把主管告上了法庭。

这场闻所未闻的官司,立即引起了人们的广泛关注,全城一时沸沸扬扬。

这场官司的焦点是,如果大脑死亡不算生命的结束,那么何种状态才能称得上是真正的死亡? 在法庭上,罗伯特的私人律师杰克逊能言善辩,口若悬河。主管一方,则专门请来了著名的人性学学者罗宾逊博士作辩护。

法庭经过一段时间的论证,又通过一番民意调查,最后宣判如下:"靠医疗器械维持生命的植物人并非死人,因为只要有一个人体细胞还存活着,就可以认定还具有生命。因此,只有当所有的细胞全部死亡后,才可以进行内脏移植……"

这场官司,罗伯特败诉了。

按理说,罗伯特打这场官司的目的,就是为了延长生命,他怎么舍得丢下他的庞大家业离世呢? 但奇怪的是,罗伯特在得知法院判决时,并没有表现出什么失望与痛苦,相反倒是长长地舒了一口气,就像长途跋涉之后来到了一泓清澈的池水边。

真是奇怪！

不过，这也许只是一种表象，因为几天之后罗伯特就病倒住进了医院。

人们闻讯，都说这场官司其实对罗伯特是一个重创。医学院德高望重的约翰逊教授亲自组织专家小组，为罗伯特进行会诊，制定治疗方案。

但是非常不幸，罗伯特体内的癌细胞已经扩散，约翰逊教授认为他已时日不多。

罗伯特于是叫来了夫人、儿子和私人律师杰克逊，字斟句酌地起草遗嘱。一个月后，他终于走到了生命的尽头，约翰逊教授在挚友的死亡证明书上用颤抖的手签下了自己的名字。

亲属们为罗伯特举行了隆重的葬礼。

可就在葬礼举行的第二天，竟传来惊人的消息：德高望重的约翰逊教授被罗伯特的私人律师杰克逊推上了被告席。杰克逊控告说，约翰逊教授关于罗伯特死亡的证明是无效的，罗伯特先生根本就没有死。

法院在受理这桩诉讼时觉得很荒唐：大名鼎鼎的杰克逊律师这回是怎么了？

开庭那天，杰克逊律师在辩论中提出："罗伯特先生并没有死，因为属于他的一部分细胞还存活着。"杰克逊所依据的，就是前不久存放在生物研究所的罗伯特的那部分肿瘤器官，它们被置放在一种具有特殊维持功能的精密仪器里，癌细胞不同于一般的细胞，只要给予它充足的养分和氧气，它就会无限地分裂并存活下去。

杰克逊律师引用了法庭在罗伯特曾经败诉的那场官司的宣判："只要有一个人体细胞还存活着，就可以认定还具有生命……"

法官们惊呆了，一个个瞠目结舌，你望我、我看你。最后，法庭不得不宣判杰克逊律师胜诉。也就是说,罗伯特先生的肉体虽然不在人世,但他依然活着。

这桩奇特的官司让人们议论纷纷,百思不解。

之后,罗伯特的夫人向家人出示了罗伯特的遗嘱。家人这才恍然大悟:罗伯特苦心策划的这两场官司,并不是对"生"恋恋不舍,而是为了整个家族的利益。因为,只要法律证明他没有死,还活着,那么他创下的家业和财富,子孙后代就可以稳稳地享受和继承,而不需要去依法缴纳巨额的遗产继承税了……

罗伯特没有死,他还活着,是吧?

（傅　辕　改编）

（题图:箭　中）

致命病菌

一天下午，细菌学家的实验室里来了一位陌生男人，面色憔悴苍白，举止局促不安。他这副神经质的模样，引起了细菌学家的注意。

来人说他是一名记者，想要了解细菌学家最近的研究成果。细菌学家瞥了他一眼，便把他带到一台显微镜前，拿起桌上的一块玻璃片，把它放到显微镜下，说："请看，这就是我最近刚制成的霍乱杆菌标本。"

男人探头一看，惊讶地叫道："这就是霍乱病菌？它们居然只是一些不规则的粉色小碎片？这玩意儿简直太神奇了，哈哈，真是太棒了！"说着，男人从显微镜下取出玻璃片，又拿到窗前仔细地看，问细菌学家："这病菌是活的？一定很危险吧？"

　　细菌学家摇摇头："不,这都是已经死了的病菌,应该说对人没有什么危险。"

　　男人点点头,似乎有点失望地问:"那么,你这里不会再有活的病菌了吧?"

　　"不!"细菌学家告诉他,"我正在培育霍乱病菌。在这儿——"他一边说着,一边走到实验室的另一头,从架子上取下一个密封的玻璃管,介绍说,"这个试管里装的,是活的病菌,或者说,是瓶装的霍乱。"

　　男人脸上顿时又惊又喜:"这么说,你是在制造杀人武器?霍乱菌能使千万人丧命,能毁灭整个城市啊!"

　　细菌学家的神情显得很严肃,说:"我培育病菌的目的,正是为了要彻底消灭这些病菌。不过,你放心,只要病菌被封在试管里,对人们来说就是安全的。非常安全!"

　　细菌学家正说到这里,只听"砰砰砰"一阵叩门声,细菌学家听出是妻子安妮在敲门,他向男人打了个招呼,就赶紧过去开门。回转来的时候,只见那男人抬腕看了看手表,对细菌学家说:"非常感谢你为我介绍这些有意思的东西,可遗憾的是,我接着还有一个约会,必须告辞了。"

　　细菌学家于是就把男人送到大门口,看着他远去的背影,自言自语道:"奇怪,这人怎么对病菌这么有兴趣?"突然,他脑子里闪过一个念头,冲回实验室,紧张地在架子上寻找,结果发现,那个装着活体病菌的玻璃管不见了。

　　细菌学家大声喊他的妻子:"安妮!刚才我送客的时候,你拿过实验室里什么东西了吗?"

　　安妮回答他:"没有啊,亲爱的!难道你少了什么东西了?"

　　"玻璃管!我放在架子上的玻璃管!"

　　"没有!我什么都没有拿过!"

　　"大事不好!"细菌学家大叫一声,顾不得穿鞋,光着脚就冲出实验室,跑上了大街。

安妮听到大门"砰"的一声响,连忙惊慌地从窗口探出头去,只见离实验室门口不远的地方,那男人正慌慌张张钻进一辆马车,而她的丈夫在后面猛追,一边跑,一边朝车里的男人狂喊。

安妮不知道出了什么事,她想要喊住丈夫,但发现坐在车里的男人慌慌张张地指着她丈夫对车夫说了句什么,车夫立刻挥起鞭子,只听"得儿"一声,马车"哒哒哒"就飞快地向前跑去;几乎是与此同时,她丈夫也截住一辆马车追了上去。

很快,两辆车转过街角不见了。

安妮觉得丈夫这么光着脚在大街上跑,太让人笑话了,更担心这样会着凉,于是匆匆拿了丈夫的鞋子,出门截了一辆马车,也追了上去。

再说第一辆马车里的男人,此时正双手紧紧攥着那个装着霍乱菌的玻璃管。细菌学家的猜测没错,这男人确实有点"神经质",而且还是个仇视一切社会制度和道德观念、不惜一切想扬名天下的家伙,他现在想做的,就是不顾一切地要把霍乱菌放入城市的供水管道,让全城人染病死亡。

此时,男人把头伸出马车外,一看,发现细菌学家的马车追上来了。他从口袋里摸出一张钞票,往车夫手里一塞,说:"快,千万别让后面的车追上来!"

车夫接过钱,狠狠地在马耳边打了个响鞭,马车立刻猛地向前一蹿。

这时候,只见车里男人身子一晃,两只手不由自主地朝两边的车厢挡板一抵,但却将手里的玻璃管掉在了地上,只见"砰"一声,玻璃管碎了,里面的液体流了一地。

男人气急败坏地大骂一声:"你这个该死的车夫!"

突然,他发现破碎的玻璃管里还有几滴残存的液体,马上歇斯底里地大叫大嚷起来:"好!我是第一个!我有办法了!"说罢,他捡起碎玻璃管,一仰脖子,将那几滴液体倒进了自己的嘴里。哼,现在再不用怕人来夺了!

男人让车夫停车,他下车后就趾高气扬地站在那里,等细菌学家追上来。他得意洋洋地对细菌学家说:"朋友,你来晚了,我已经把它吞下去了。嘿嘿,你看着吧,霍乱就要在全城传开了!"

细菌学家眯起眼睛,打量着站在面前的这个男人:"你把它喝了?"

他正想说点什么,那男人突然朝他"嘿嘿"一笑,然后转过身,一路朝人多的地方跑去。细菌学家呆呆地站在那里看着他,连妻子安妮赶上来都不知道。

过了好一会儿,细菌学家对安妮说:"这真是个严重的错误!"

他见安妮困惑地盯着他,便解释道:"这个男人到实验室来拜访我,我一看就觉得他精神不正常。为了证实我的推测,我告诉他,那个试管里装的是霍乱菌。他偷走了试管,吞下了里面的东西,想要让霍乱在全城流行。但他不知道,其实这试管里面根本不是什么病菌,那是我试制的一种培养液。"

"培养液?"安妮皱了皱眉头,"就是你给那几只猴子喝的那药水?"

细菌学家笑了:"那几只猴子喝了这种培养液,浑身长出了蓝色的斑点,就像马戏团里的小丑;我还给麻雀喝过这种药水,它们身上的斑点颜色更亮。现在我倒是真想知道,这种培养液被人喝了,会出现什么效果……"

（作者:韦尔斯;编译者:吴会艺）

（题图:箭　中）

天堂里的夫妻钟

"男人有钱就变坏",米莉相信这话。她总认为,自己的丈夫克拉克有了钱,也会像很多男人一样变坏的。

可问题是到目前为止,米莉还没有克拉克背叛自己的任何证据,这让米莉很苦恼,她必须找到证据才是。

经过一番苦思冥想,米莉终于想到了一个办法,那就是去"天堂咨询服务中心"查问,这是天堂根据人间的迫切需要开展的一项便民服务。人类的生活条件越来越好,但夫妻感情不和的却越来越多,为了帮助人类建立良好的信任关系,上帝根据天堂议会通过的法案,决定设立核查夫妻诚信度的机构,同时还在人间设立了专门的派出机构——天堂咨询服务中心。

因为这是一项宏大的工程,投入了很多资金,所以凡是前来中心要求提供服务的，都要缴纳昂贵的费用。米莉驾着宝马车来到中心后，中心立刻为她配备了一位叫丽娜的女工作人员，米莉递上信用卡，丽娜就去服务台替她办理申请手续。

一会儿，丽娜就回来了，微笑着把信用卡还给米莉，另外还给了她一张查询卡。丽娜对米莉说："夫人，手续已经办妥。现在，就请您带着这张查询卡跟我去密室，您马上就可以在那里看到您要查询的结果。"

米莉跟着丽娜乘坐电梯进入密室。密室里布置得非常富丽堂皇，灯光温馨柔和，四周摆满了红玫瑰，密室中央摆着一台机器，正不停地闪着蓝光。

丽娜请米莉站在机器前，提示她说："夫人，您只要把这张查询卡插进卡槽里，就可以按需要查询了。"说完，她自己就退出密室，在门外等候。

密室里，只见米莉果断地把查询卡插进卡槽里，屏幕上立即出现了一行字：欢迎您来到天堂查询服务中心！米莉按机器发出的指令，分别输入自己的身份证号码，被查询者克拉克的身份证号码，以及两个人的结婚登记证号码。输入以后，屏幕上突然红光一闪，米莉好紧张哟，眼睛一闭，差点尖叫起来。

当她睁开眼睛时，看到屏幕上突然出现了999朵红玫瑰，伴随着《天荒地老》的乐曲，当初她和克拉克的婚典场面又重现在眼前：神圣的殿堂，洁白的婚纱，她在父亲的陪伴下，无比幸福地朝克拉克走去……米莉看得眼泪都淌了下来，那种快乐甜蜜的新婚日子，足足过了一年，可是后来，克拉克的生意越做越大，很少有时间陪她了，两人渐渐有了隔阂，相互间越来越陌生了。

想到这些，米莉不觉神思恍惚。就在这时，不知从哪儿传来一个声音："你丈夫克拉克对你的感情非常忠诚，确认无误。不过很不幸，你和他只剩下一天的夫妻缘分了……"

米莉猛然被惊醒，急着追问："什么？你说什么？"

但没有任何回应,屏幕上的图像瞬间消失了。

这时候,丽娜走了进来。米莉问丽娜,丽娜说:"夫人,请别着急。如果您想知道真相的话,可以去天堂查询结果。"

米莉一把抓住丽娜的手说:"请告诉我,怎么去天堂?"

丽娜说:"夫人,我们中心有特制的飞船,可以送你去天堂。但是花费很大,要一百万。"

米莉的信用卡里还有一百多万,她想也没想,就把信用卡交给了丽娜。

丽娜见米莉态度这么坚决,就把信用卡插入机器内。马上,密室里的一道墙自动移开了,米莉的眼前出现了一个很大的广场,一架飞船停在那里,飞船的门开着,两位小姐正恭候在舷梯边,微笑着迎候米莉,米莉立刻快步走进飞船……

飞船腾空而起,转眼间就把米莉送到了天堂。

天堂管理员引着米莉来到一个房间,米莉看到那里有很多钟,有的走得快,有的走得慢,都不一样。管理员对米莉说:"这是'夫妻钟',如果有一方对感情不忠,钟就会走不准,或慢,或快;如果没有夫妻缘了,这座钟就会自动消失。"

管理员让米莉在一台机器上重新输入她在密室里输入过的那些号码,输完后,根据提示找到了属于她和克拉克的那台夫妻钟。米莉一看,走得乱七八糟不说,而且钟面上还出现了一条警告:这台钟12小时之后将消失!

米莉哭着问管理员:"这到底是怎么回事,我想知道啊!"

管理员查看了一下,说:"夫人,您看这里——"

米莉顺着他手指的地方一看,钟里面出现了这样的场景:一个四十来岁的男子风度翩翩地走来,满面春风地走到一位貌若天仙的女子跟前,和她拥抱亲吻。米莉一看,这男子不就是克拉克吗?她气得咬牙切齿:"克拉克,你这个混蛋,我终于抓到你不忠的证据了!"

这时候，却从钟里面传出一个女子的声音："夫人，你没有想到吧，再过将近十二个小时，我就要假戏真做，正式成为克拉克的新娘了。你曾经让我去假意勾引克拉克，想要抓住他不忠的证据，这样就可以借机打官司，让克拉克把财产都给你……"

"什么？你……"米莉一听这女子的话，惊呆了。其实米莉早已有了外遇，可只能偷偷地交往，因为婚前她和克拉克有个财产公证，如果婚后哪一方不忠的话，那么所有财产就归另一方。克拉克对米莉一直很忠诚，没办法，米莉就请一个年轻貌美的女朋友帮忙，没想结果反而弄假成真，他们俩搅在了一起。

米莉气急败坏地朝管理员叫道："我要马上回去，我现在就要回去！快，你快给我去准备飞船！"

管理员却耸耸肩，朝米莉两手一摊，无奈地回答说："你丈夫给天堂咨询服务中心捐了一大笔钱，条件就是设法把你送到天堂来。"

米莉顿时目瞪口呆……

（徐均生）

（题图：箭　中）

该死的备忘卡片

　　威尔和罗丝在一起生活了两年后离婚了，离婚的理由很简单，威尔有健忘症。威尔的记性比一条鱼好不了多少，他老是忘记罗丝祖父的名字，忘记和罗丝的结婚纪念日，忘记每天要吻罗丝七次。结果，罗丝再也受不了啦，就和他离了婚。

　　离婚后，威尔很伤心。说实话，他心里还是很爱罗丝的，他在日历上圈出了他们的结婚纪念日，天天提醒自己。他想，如果到时候罗丝还没有和别人结婚的话，他们就还有和好的希望。

　　果然，当他们的结婚纪念日即将到来的时候，威尔打听到罗丝还是一个人，连男朋友也没有，于是他就给罗丝打了一个电话，说："亲爱的罗丝，我是威尔。如果我没有记错的话，明天是我们结婚三周年纪念日，你能到我这儿来聊聊吗？"

罗丝接到威尔的这个电话很惊讶,她想了想,在电话那头说:"威尔,很高兴你能记得这个日子。明天中午我要到朋友家去聚会,上午八点我会先去你那儿,然后十一点去朋友那儿正好。"

一听罗丝答应来,威尔很兴奋,他觉得,明天将是他向罗丝表白的大好时机。

为了和自己那该死的健忘症作斗争,不至于临场慌乱出现差错,威尔绞尽脑汁,把第二天早上六点到十一点之间要做的事和要说的话,全部写在一张备忘卡片上。

把备忘卡片放在哪里呢?到时候既不能让罗丝看出来,又要能让自己随时看到,威尔想来想去,决定把它放在衣柜顶上,然后在下面衣柜边上挂面镜子,这样就可以假装照镜子,偷偷看卡片给自己提醒的内容了。

第二天早上六点,两只闹钟准时把威尔叫醒。他从床上跳起来,跑到柜子边一看,卡片上写着:六点至七点,打扫房间卫生。威尔于是就花了一个小时,把房间打扫得干干净净。

下一步干什么呢?他又去柜子边看了一下,卡片提醒他:七点到八点,到鲜花店买三朵罗丝喜欢的红玫瑰,插在窗前的白色花瓶里,然后到超市买三瓶她最爱喝的奶汁。威尔于是又迅速照办。

办完这两件事以后,正好八点。卡片上又告诉他下一步该做的事:八点,听到门铃响要去开门……果然,这时门铃响了!威尔彬彬有礼地打开门,笑容可掬地对罗丝说:"亲爱的,你尊敬的祖父安内特·瓦雷里先生近来身体可好?"

罗丝大为惊讶,瞪大了眼睛,半天才回过神来。

威尔于是深受鼓舞,又去柜子边装作照镜子,紧紧领带,顺便瞄了一眼卡片。转过来之后,他接着说:"下个月三十日,是你二十六岁的生日,你是不是准备邀请你最好的朋友戴丽丝、梅丽尔和苏珊来聚会一次?"

罗丝吃惊地望着威尔说:"天哪,威尔,你的记性怎么变得这么好? 连我每个朋友的名字都记住了? 好吧,如果她们都愿意来的话,我乐意和她们聚会一次。"

威尔此时兴奋极了,又向柜子边走去,又照照镜子,紧紧领带,顺便看一看备忘卡片上给自己提醒的内容。就这样,他把每一件事情都处理得井井有条,每一句话都说得体贴到位,罗丝显得十分高兴。

时间过得真快,转眼,十一点快到了。罗丝想不到威尔今天表现得这样出色,让她刮目相看,如果这时威尔大胆地拥抱她,她一定会投入威尔的怀抱。

威尔也很得意,他感觉胜利就在眼前,于是便又要到柜子边去照镜子,看看下面该发动什么攻势。

可是他刚要往柜子边走,罗丝叫住了他。罗丝说:"威尔,你今天不停地照镜子、整领带,难道有什么事吗?"

威尔大吃一惊,怀疑是自己不小心露出了破绽,备忘卡片的秘密被罗丝发现了。他连忙停住脚步,结结巴巴地说:"我……我今天有点儿热,对,热,很热! 今年的春天来得真早,你说呢?"威尔一边说着,一边扯开紧了很多次的领带,喘了两口粗气。

罗丝点点头,说:"是呀,是很热,我家花园里的桃树今年都提前开花了。威尔,你要是觉得热,就把电扇打开吧!"

威尔见自己的瞎话蒙住了罗丝,不由松了口气,他擦了擦头上的冷汗,听话地打开了电扇。

此时,威尔隐约记起,在十一点钟送走罗丝之前,自己还有一件至关重要的事必须要做,可是是什么事情呢? 他实在想不起来。

而这时候,罗丝也脉脉含情地看着威尔,好像也希望威尔能说点什么,但是罗丝刚才的打岔把威尔吓坏了,他实在想不起来,那件事到底是什么了。

威尔瞥了一眼闹钟,天哪,离十一点只有一分钟了!罗丝马上要走了,一定要在她走之前做完那件事!威尔什么都顾不上了,他跳起来,不顾一切地走到柜子边,一照镜子,却发现本来能从镜子里反照出来的柜子顶上那张备忘卡片不见了!

他忍不住朝衣柜顶上一看,脑袋"嗡"的一声就大了:这该死的备忘卡片,早已不知被电风扇吹到哪儿去了!他东张西望,怎么也找不见那张卡片的影子,于是马上又显出了一年前的那副样子:张着嘴,挠着头,两眼糊糊涂涂地转圈。

他只好眼睁睁地看着闹钟指向了十一点整!

罗丝实在搞不懂:威尔刚才还好好的,怎么瞬间又成了老样子?她从沙发上站起身,万分失望地告辞走了。

罗丝走后,威尔像只没头苍蝇似的在房间里找开了,最后把衣柜也移了开来。终于,他在房间的一个角落里发现了那张备忘卡片。自己究竟忘记做什么事情了呢?威尔迫不及待地朝卡片看去。

只见卡片最后一行写着:十一点,如果罗丝对我的表现足够满意的话,我就要冲上去吻她七次,并跪下来向她求婚。

威尔翻着白眼,一屁股坐在了地上……

(桂忠阳)

(题图:箭　中)

非凡誓言

　　哈里斯与女友凯伦相识半年多,便山盟海誓,爱得死去活来。不料天不遂人愿,正当哈里斯与凯伦计划举行婚礼时,给他们做体检的医生诊断出哈里斯患了癌症,而且是晚期,估计活不过一个月。

　　这消息犹如晴天霹雳,震得哈里斯差点晕倒,凯伦更是哭得撕心裂肺。

　　哭罢之后,凯伦决定和哈里斯分手,因为她觉得自己不能嫁给一个快死的人。她对哈里斯说:"亲爱的,我不能再嫁给你了,希望你能原谅。"

　　哈里斯心如死灰,只好坐等死神降临。

　　可是一个月过去了,哈里斯的身体没有一点不适;两个月过去了,他连感冒都没有过一次。他十分奇怪,就又去医院做检查,结果令他大跌眼镜:什么毛病都没有,所谓的癌症只是误诊而已。

哈里斯气得半死,赶紧拿着医院报告去找凯伦,可遗憾的是,凯伦已经与别人订婚了。

失望之余,哈里斯愤愤不平地想:我一定要找一个更漂亮的女人做妻子,让凯伦瞧瞧!

不久,在一次聚会上,哈里斯认识了美丽迷人的黛西,两人一见钟情,很快坠入了爱河。可就在他和黛西订婚不久,公司组织员工体检,哈里斯又被查出感染了艾滋病。

员工们都害怕被传染,于是,哈里斯当天就被老板辞退了。

哈里斯气得差点发疯,他怀疑会不会又是医生误诊。可结果却令他震惊,他竟然真的感染上了艾滋病!哈里斯吓傻了,不明白自己是怎么会感染上的?

黛西二话不说,坚决与哈里斯解除了婚约。

哈里斯连遭女友抛弃,又丢了工作,还得了不治之症,精神受到了极大的打击。

这天晚上,哈里斯喝得酩酊大醉,回家路上不小心失足掉进了河里,醒来后,他才发现自己被镇上有名的吉卜赛巫医老珍妮救起。

听说老珍妮会用占卜术替人治疗古怪的疾病,哈里斯仿佛抓住了救命稻草,苦苦哀求老珍妮替自己治治。

可谁知老珍妮给他占卜后,却说他什么病都没有,身体非常健康。

哈里斯不相信,说:"你一定是弄错了,我有艾滋病,是医生确诊的。"

老珍妮咧嘴笑了:"我的占卜从来不会错,不信你再去检查,保证啥事都没有。"

哈里斯将信将疑地果真去重新做了一次检查,医生告诉他,他根本没有艾滋病。

哈里斯真是又惊又喜。惊喜过后,他愤怒不已,都是那些混蛋庸医的误诊,才使他连遭厄运。于是他向法院起诉那些医生。

可医生们都觉得十分奇怪:当时明明医疗检查仪器里显示,哈里斯患有重病啊,难道是仪器发生了故障?

医院只好向哈里斯道歉,支付给他一笔数目不小的赔款。可哈里斯却一点高兴不起来,他感到这事情真是太奇怪了:为什么每次自己与女友订婚之后都会检查出得了绝症,而与女友分手后又不治而愈呢?他软磨硬缠地求老珍妮帮他占卜一下,看看问题到底出在哪里。

老珍妮被哈里斯缠得没办法,就带他来到一个昏暗的小房间里,捧起一只水晶球,闭目冥想了半天后,睁开眼睛对哈里斯说:"你曾经对人发过一个誓,可是至今都没有兑现。因此,每当你订婚时,这个誓言就会来惩罚你。"

哈里斯着急地问:"那是什么誓言?"

老珍妮摇摇头:"我怎么知道呢?可是如果你不兑现那个誓言,今后就会孤独一辈子。"

哈里斯陷入了苦恼之中,他真的记不得自己曾经发过什么誓言,致使现在遭受报应。

哈里斯苦思冥想着:莫非是自己小时候对父母发誓要考建筑大学,结果却偷偷报考了经济学院?是自己曾对老板发誓要努力工作,结果却常常上班迟到,甚至在上班时间睡大觉、打扑克?或者自己也曾对女友发过誓,只爱她一个人,但有时候还是会忍不住背着她去约会别的女同事?哈里斯越想越害怕:原来自己竟违背过那么多誓言,可到底是哪一个害自己如今要孤独一生呢?

不久,哈里斯在加油站找了份新工作,他干得很卖力,上班时间再也不睡觉、打扑克了,他觉得自己活得很充实。

加油站有个姑娘叫莉娜,对哈里斯很有好感,她大胆地向哈里斯吐露爱意,不料哈里斯一听大惊失色,拔脚就逃。其实哈里斯心里也挺喜欢莉娜,可是想到自己一与女人交往就会患绝症,他还是退缩了。在没有破解那个誓言之前,他不敢再与任何女人交往了。

这天是莉娜的生日,哈里斯应邀去参加她的生日宴会。原以为同事们都去,可是到了莉娜家里,他才发现其实莉娜只邀请了他一个。

莉娜火辣辣的眼睛盯着哈里斯,问他:"哈里斯,你为什么不接受我的爱呢?难道我真有那么讨厌吗?"

哈里斯不知道自己该怎么回答,一时语塞。

莉娜见哈里斯无动于衷的样子,忍不住伤心地哭起来,哈里斯很尴尬,只好告辞。

一晃几天,莉娜都没有来上班。哈里斯很奇怪,向同事们一打听,才知道莉娜那晚喝醉酒出了车祸,正在医院里抢救。哈里斯赶紧赶到医院,望着被厚厚纱布包裹起来的莉娜,他心里真有说不出的难受。

眼见莉娜的呼吸越来越微弱,哈里斯终于忍不住俯下身,附着她耳朵深情地说:"莉娜,你一定要坚持住。等你出院,请……请你嫁给我好吗?"

想不到这时候,奇迹出现了,莉娜竟然睁开了眼睛,看着哈里斯:"你……你说的这……这是真的吗?"

哈里斯郑重地点了点头。

也许是爱情的力量,被医生宣布生还希望渺茫的莉娜,竟然奇迹般的痊愈了。

出院那天,哈里斯遵守誓言,不顾一切地与丽娜举行了婚礼。没想到这一回,哈里斯并没有像前两次那样患上什么绝症,惊异之余,他觉得万分庆幸。

这天,莉娜整理老照片,哈里斯吃惊地发现,里面竟然有自己小时候的照片。

莉娜觉得很奇怪:"怎么会是你呢?他明明是我小时候的伙伴诺里呀!不过后来诺里搬家了,我们就再没联系过。"

"天哪!真是太巧了!"哈里斯说,"我小时候的名字就叫诺里!十八岁那年才改了现在的名字。丽娜,亲爱的,想不到我们居然还是童年的朋友。你看,一晃这么多年,我们彼此都认不出来了!"

两人于是都十分兴奋,不禁回忆起小时候一起干过的那一件件顽皮事,当说到当年一块儿爬教堂里的院墙时,莉娜笑着说:"你还记得那天你发过的誓吗?你说你长大了要娶我,如果违背了誓言,你就会生病。你还记得吗?"

哈里斯点头说:"记得,当然记得!"

突然,他恍然大悟:原来老珍妮说的就是这个誓言啊!如今自己娶了莉娜,誓言兑现了,也许这就是自己没有再得病的原因?

"这真是个非凡的誓言!"哈里斯感慨万分,忍不住紧紧拥住了心爱的妻子。

(于 强)

(题图:杨宏富)

经纪人的浪漫史

　　哈雷是一家证券公司的经纪人,每天都忙得手脚不停,像台停不下来的机器。

　　这天上午九点钟,他准时来到办公室,与秘书皮特打了个招呼,就一头扎进一大堆等着他处理的信件和电报之中。

　　过了一会儿,速记员丽娜来了。丽娜今天的举止有点不对劲,进办公室后没有坐下来,而是像拿不定主意似的,这里走走、那里看看,最后,她蹭到了哈雷桌边。

　　哈雷抬起头,吃惊地问道:“有什么事吗?”

　　“没什么!”丽娜朝他笑笑,然后走开了。

　　她来到皮特桌前,问:“皮特先生,哈雷先生昨天有没有提过要另外雇一名速记员的事?”

　　皮特点点头，说："提过，昨天下午我已通知人事部，让他们送几个来面试。咦，时间都快到了，怎么没一个人来？"

　　丽娜笑道："那我就照常工作啦，等有人来替补了再说。"说完，她走到自己办公桌前坐了下来。

　　此时，哈雷早忙得焦头烂额了，只听见他桌上的电话铃声"丁零零"地响个不停，他手下的职员拿着信件和电报脚步匆匆地跑进跑出。

　　就在这时，皮特带着一位小姐走到哈雷面前。

　　哈雷问他："什么事？"

　　皮特指指身边的小姐说："这位小姐是来应聘的。"

　　哈雷侧过身子，皱起眉头问："应聘什么？"

　　"速记员，"皮特说，"昨天你不是叫我打电话，让人事部今天上午介绍人过来？"

　　"我叫你打电话？"哈雷一听很生气，"皮特，你搞糊涂了吧？我干吗给你下这个命令？丽娜工作十分出色，只要她愿意，这份工作就永远是她的。"他转向小姐说："对不起，这里不需要人，你走吧！"又对皮特道："赶快通知人事部，叫他们别再送人过来。"

　　"是的，先生！"皮特只好应了一声。

　　把那位小姐送走后，皮特觉得自己一肚子委屈，于是就走到丽娜那里发牢骚："咱们这个'老太爷'啊，一天比一天心不在焉，有健忘症！"

　　"是呀，贵人多忘事啊！"丽娜笑笑，附和着说。

　　此时，午餐时间到了，公司里总算出现了一片短暂的宁静，哈雷站起身来，伸了个懒腰，他打开窗户，立即呼吸到一丝悠悠芳香，这是紫丁香幽微甜美的芳菲。刹那间，他怔住了，因为这香气让他突然想起了丽娜小姐，他觉得这是丽娜独有的气息。他喃喃自语道："天哪，我现在就得去，我现在就去跟她说，怎么我没早点儿想起？"他一个箭步冲到了丽娜的办公桌前。

丽娜抬起头，笑吟吟地看着他，脸上泛出淡淡的红晕，眼睛里闪动着温柔和坦率。

哈雷一只胳膊撑在丽娜的桌上："丽娜小姐，"他有点口吃起来，"我只能呆一小会儿，趁这个时候给你说件事。你愿意做我的妻子吗？我没时间向你求爱，但我确确实实爱你，请尽快回答我。"

"喔，你在说什么呀？"丽娜惊诧不已地从椅子上跳起来，直愣愣地看着他，眼睛瞪得圆圆的。

哈雷于是又重复了一遍自己刚才的意思："难道你听不懂？我要你嫁给我。我爱你，亲爱的，我早就想告诉你。可是，你瞧我忙的！啊，又有人在打电话找我。皮特，叫他们等一下。答应我吗，丽娜小姐？"

丽娜的脸上顿时显出了一种复杂的表情，泪水从她那迷惘的眼睛里涌出来。不过，她马上又欢笑起来，柔情地搂着哈雷的脖子说："现在我懂了，是工作让你忘记了一切。亲爱的，难道你不记得了吗？昨天晚上八点，我们已经在小教堂结过婚了！"

（赵之谦 改编）

（题图：佐 夫）

身不由己

这天是老板罗伯特举行婚礼的日子,公司职员全都兴冲冲地来了。

婚礼进行得很顺利,可就在牧师问新娘露易丝"你是否愿意嫁给新郎罗伯特",而露易丝正要回答"愿意"时,来宾中突然有人喊了声:"等一等!"

顺着声音望过去,喊话的人竟然是公司职员马丁。只见他从来宾席中站起身来,走到新娘面前,他的神情很古怪,脸上的肌肉不停地抖动着,像笑又像哭。

罗伯特虽然面带微笑,却掩饰不住内心的恼怒,问:"马丁,你想说什么?"

马丁张了张嘴,似乎想说什么,但什么也没说出来,反而一把将老板的新娘露易丝紧紧搂在怀里。新娘只"啊"了一声，她那性感美艳的嘴唇便被马丁的一张厚嘴封住了。

全场震惊，所有嘉宾全都目瞪口呆。

露易丝从马丁怀里挣扎出来，"啪"愤怒地给了他一巴掌，然后一头扑进罗伯特怀里哭起来。

没想马丁并不罢休，他冲上去，硬扯过露易丝，"扑通"一声跪倒在她的脚下，狂热地吻着说："露易丝，我爱你，爱你！你不能嫁给罗伯特！"

罗伯特气得脸色发白，指挥身边几个同事上去，拖走了几近癫狂的马丁。

罗伯特准备将婚礼继续进行下去，可这时露易丝却突然说："对不起，我要重新考虑我的决定。"

婚礼只好半途而废。

同事们于是都纷纷议论，认定马丁这次肯定会被罗伯特开除。可谁也没有想到，一个星期后，马丁大摇大摆地出现在了公司里，居然还被罗伯特提拔为部门经理。马丁得意地说，是罗伯特三番五次打电话把他请回来的。

这天，马丁还接到露易丝的电话，说要见见他，马丁按约定时间到达时，露易丝已经等在那里了。露易丝告诉马丁，她已经和罗伯特解除了婚约。马丁吓了一跳，心里面既惭愧又不安，他很想向露易丝道歉，可费劲地刚张开嘴说了一个"好"字，露易丝就接着说："是的，你说得没错，我经过冷静思考，觉得罗伯特并不爱我……"

露易丝说着，一把握住马丁的手，动情地说："你婚礼上的举动太让我感动了，原来你是这么爱我。这世上，没有一个人能像你这样爱我！"

露易丝的话让马丁面红耳赤，他结结巴巴地说："我、我……爱你……"

露易丝的眼睛湿湿的、亮亮的,她沉浸在无比的感动和幸福之中。

终于到了这一天,马丁和露易丝在教堂举行婚礼,他们所有的同事都来了,连罗伯特也来了,大家都真心地祝福他们。

可谁知道,就在牧师问马丁"你是否愿意娶露易丝为妻"的当口,马丁突然神色大变,指着露易丝大叫:"你这个丑陋自私的女人,我根本不爱你,你滚开,我再也不要见到你!"

人们再一次惊呆了!露易丝脸色惨白,惊恐地看着自己深爱的男人,怎么也不愿相信这一幕会是真的。可让她不得不相信的是,此刻,马丁叫骂着,一把就把她推倒在了地上。露易丝绝望了,从地上爬起来,扯掉婚纱,哭着捂着脸跑出了教堂。而马丁紧跟着追了出去,可他并不是去拉回露易丝,而是跟在她后面继续用更恶毒的语言骂她,还一边骂,一边猛抽自己的嘴巴。

参加婚礼的人全走了,马丁一个人蹲到地上,抱头痛哭。这时,他听到旁边有人重重地叹了一声,抬起头,看到罗伯特正满脸同情地看着他。

罗伯特拍拍马丁的肩膀,说:"我知道,你患了逆意综合征!"

罗伯特说得没错,马丁确实患有逆意综合症。这是一种古怪的病,患者平时与常人无异,但每当关键时候就可能发病,发病时完全不能控制自己,明明要扔掉的东西,却偏偏把它给捡了回来;明明要拥抱一个人,却反而会狠狠地去打他的耳光……这种古怪病症给马丁带来了巨大的痛苦,他看了很多医生,吃了很多药,不但未见好,反而愈来愈厉害,开始只是手不由心,后来连嘴都跟自己的意志对着干了。他从没向任何人说起过自己的病,不明白罗伯特是怎么知道的。

罗伯特又叹了一口气,告诉他:"我也是逆意综合征患者。我不爱露易丝,可却偏偏不可控制地去追求她,请她嫁给我。我痛恨你扰乱我的婚礼,却偏要对你委以重任……"

马丁流着泪不住地点头："是呀,不爱她时我偏偏对她说爱;当我真爱上她时,却反而把她赶走。上帝啊,我都做了些什么……"

马丁不想失去露易丝,他决定告诉她真相,请求她原谅。他下决心一定要把自己的病治好。可是,当马丁去医院就诊时,医生经过反复会诊,却非常认真地告诉他,他的逆意综合征早已经痊愈。

马丁喊道："这不可能! 你们一定搞错了。病好了我自己会不知道? 病好了我怎么还做违背自己意愿的事?"

医生给他分析说："逆意综合征让你形成了一种行为习惯。虽然你的病好了,但这种习惯仍在支配你的行为……"

（黄守东）

（题图:佐　夫）